Patrick McGinley
House of Fear · Das Dorf der verlorenen Seelen

D1723278

Weitere Bände der Reihe *House of Fear*:

Patrick McGinley

# House of Fear

## Das Dorf der verlorenen Seelen

www.houseoffear.de

*For Charlie Kelly*
*Keep writing!*

ISBN 978-3-7855-7422-5
1. Auflage 2012
Copyright © 2012 by Patrick McGinley
Copyright Deutsche Originalausgabe © 2012 Loewe Verlag GmbH, Bindlach
Dieses Werk wurde vermittelt durch die Michael Meller
Literary Agency GmbH, München.
Umschlagillustration: Silvia Christoph
Umschlaggestaltung: Elke Kohlmann
Printed in Germany

www.loewe-verlag.de

# VORWORT

Dies ist kein normales Buch.
Ein normales Buch liest man, findet es spannend,
lustig oder langweilig und legt es dann beiseite.
Dies ist ein gefährliches Buch. Wenn man nicht aufpasst,
kann es einem den Verstand rauben!
Ich habe diese Geschichte nicht geschrieben. Ich habe sie
gefunden. Im Keller eines Hauses, neben der Leiche eines
Schriftstellers, lagerten sie: Tausende eng bedruckter
Schreibmaschinenseiten, die mich magisch anzogen!
Während ich diese Geschichten las, wurde ich von Alb-
träumen und Visionen heimgesucht, die so echt wirkten,
dass ich fast vor Angst gestorben wäre.
Wie unter einem inneren Zwang habe ich sie nach und nach
bearbeitet. Eine böse Macht drängt mich, sie der Öffentlich-
keit zu präsentieren, auch wenn ich weiß, dass sie Verderben
über die Menschen bringen werden.
In der Hoffnung, ihren dämonischen Einfluss zu brechen
oder zumindest zu mildern, habe ich die Geschichten leicht
verändert. Die Orte und einige Namen habe ich geschwärzt,
damit niemand auf die Idee kommt, nach den
ursprünglichen Texten zu suchen.
Lies sie auf eigene Gefahr! Und wenn du nachts schweiß-
gebadet aus dunklen Träumen hochschreckst, dann bedank
dich nicht bei mir, sondern beim Verfasser selbst:
dem geheimnisvollen Marc Glick-Pitney.

Du bist gewarnt!

Patrick McGinley,
Herausgeber

# PROLOG

Bevor der Arzt den Mund öffnete, wusste Heidrun, dass es keine Hoffnung mehr gab. Sie sah es in seinen Augen – sah, wie er versuchte, die schreckliche Nachricht in Worte zu fassen, beide Hände verkrampft am Griff seiner Ledertasche, den Blick zu Boden gerichtet. Er hatte eben das Zimmer verlassen, in dem ihr geliebter Ehemann seit Wochen vor sich hin siechte. Trotz des Feuers im Herd fröstelte Heidrun. Und als er den endgültigen Satz sagte, fühlte sie, wie ihre Knie zu Butter wurden und ihre Beine nachgaben.

»Ich fürchte, ich kann nichts mehr für ihn tun. – Heidrun!« Mit zwei Schritten war er bei ihr und fing sie auf. Er versuchte, sie aufzurichten, doch sie ließ es nicht zu. Wimmernd kauerte sie auf den hölzernen Dielen.

»Nein! Um Gottes willen, nein!«

Er kniete sich neben sie und legte ihr beruhigend seine Hand auf den Rücken. Schluchzend vergrub sie das Gesicht in ihren Händen.

Er darf nicht sterben!, hallte es in ihrem Kopf. Er darf nicht sterben.

Und dann kam ihr wieder der Gedanke, den sie so lange nicht zugelassen hatte. Der schreckliche Gedanke, der nur in den dunkelsten Nächten aus den Winkeln ihres Verstandes kroch, wenn sie mit anhören musste, wie ihr Mann sich im Nebenzimmer stöhnend im Fieberwahn wälzte.

Es ist noch da, wo meine Mutter es mir hinterlassen hat. Es widerspricht allem, was mir heilig ist zwischen Himmel und Erde, aber es geht um sein Leben! Ich kann sein Leben retten. Es liegt in meiner Hand. Egal um welchen Preis.

Er wird nicht sterben!

Ihr Schluchzen wurde leiser. Sie streckte die Hand zur Tischkante aus und zog sich daran hoch.

»Heidrun?« Die Anteilnahme war aus dem Blick des Arztes gewichen und hatte Überraschung Platz gemacht.

»Ich bin dir zu Dank verpflichtet«, sagte sie und blickte ihn entschlossen an. Ihr Tonfall machte unmissverständlich klar, dass sie allein sein wollte.

Verblüfft setzte er seinen Hut auf und verschwand ohne ein weiteres Wort in die schwarze Nacht hinaus. Heidrun wartete, bis sich seine Schritte entfernt hatten. Dann schob sie den schweren Schrank zur Seite, der neben dem Herd stand, und ließ sich auf den Boden nieder. Sie steckte ihren Zeigefinger in ein Astloch und zog eines der Bretter nach oben. An einem versteckten Scharnier klappte es hoch und gab den Blick auf eine Vertiefung frei, die unter dem Küchenboden in den blanken Stein gehauen worden war. Heidrun griff hinein und zog einen länglichen Gegenstand heraus. Sie blies den Staub weg, der sich in vielen Jahren darauf gesammelt hatte, und setzte den Gegenstand auf den Boden. Es war eine Schatulle aus pechschwarzem Holz. Fast ehrfürchtig hob sie den Deckel an.

Der Dolch war immer noch an seinem Platz. Die Runen auf seiner Oberfläche glänzten im Flackern der Öllampen, die in der Küche Licht spendeten. Heidrun nahm ihn heraus und im selben Moment loderte die Beschwörungsformel in ihrem Geist auf wie ein Leuchtfeuer an einer nebelverhangenen Küste. Sie trug den Dolch in ihren Händen, als wäre er zerbrechlich wie Glas, und betrat das Nebenzimmer. Das Stöhnen war verstummt. Der Tod musste ganz nahe sein, das schloss sie nicht nur aus der Stille – sie konnte es fühlen.

Im Schein der Kerze auf dem Nachttisch ihres Mannes glitzerten die Schweißperlen auf seiner Stirn. Sein Atem ging flach und unregelmäßig.

Die Zeit war gekommen. Heidrun entkleidete sich bis auf ihr langes weißes Nachthemd. Sie löste den Knoten, der ihr Haar zusammenhielt, und stellte sich neben sein Bett. Dann hob sie den Dolch über seinen sterbenden Körper. Wie von selbst flossen die Beschwörungsformeln aus ihrem Mund, die sie vor so vielen Jahren von ihrer Mutter gelernt hatte.

Ihr Mann öffnete die Augen und hob leicht den Kopf.

»H…heidrun«, drang es zwischen seinen trockenen Lippen hervor. Er sog vor Schreck die Luft ein, als er den Dolch erblickte. Heidrun beachtete ihn nicht. Sie durfte nicht. Sie konnte nicht. Ihre Konzentration war ganz auf die Formel in ihrem Kopf gerichtet, die in einer längst vergessenen Sprache verfasst worden war.

Als sie den letzten Vers gesprochen hatte, geschah – nichts.

Hatte sie einen Fehler gemacht?

Doch dann ging eine kaum wahrnehmbare Veränderung durch den Raum. Das Licht flackerte. Und als Heidruns Blick auf die Kerze fiel, wusste sie, dass sie alles richtig gemacht hatte. Die Flamme, die am Ende des dicken Dochts tanzte, war schwarz wie Holzkohle – und dennoch leuchtete sie.

Heidrun lächelte zufrieden. Ihre Mutter wäre stolz auf sie gewesen, wenn sie das miterlebt hätte.

Jetzt nur keine Zeit verlieren!

»Heidrun, was tust du?« Seine Stimme klang etwas fester. Er musste seine letzten Kraftreserven beansprucht haben, um die Worte herauszupressen. »Was willst du mit dem Dolch?«

»Schhhh.«

Sie schloss ihre Hände fester um den Griff der schwarzen Klinge, die sie in ihren Händen hielt. Dann stach sie zu.

Ein Schreckenslaut entwich ihm, als der Dolch sich bis zum Griff in Heidruns Herz bohrte. Blut schoss hervor und tränkte ihr weißes Nachthemd. Sie tauchte ihren zitternden rechten Zeigefinger in den roten Sturzbach.

Jetzt musste alles ganz schnell gehen.

*Hundert Jahre später ...*

Ich konnte es nicht fassen! Ich hatte mich auf eine langweilige Landschulheimwoche eingestellt, mit Besuchen im Heimatmuseum, langen Busfahrten in abgelegene Kuhkäffer und öden Wanderungen durch grüne Landschaften, aber jetzt sah ich Licht am Horizont.

»Das wird nicht ohne. Es ist nur was für diejenigen von euch, die körperlich fit sind und keine gesundheitlichen Beschwerden haben – sonst kann es gefährlich werden und wir wollen ja kein Risiko eingehen.«

Das klang wie Musik in meinen Ohren.

Wir hatten uns im Aufenthaltsraum vor dem offenen Kamin versammelt, in dem ein Feuer prasselte. Die drei Parallelklassen und die vier betreuenden Lehrer füllten den Saal bis auf den letzten Platz aus. In der Mitte des Raums saß ein Mann in einem blauen Overall auf einem der Tische. Ein Emblem der Bergwacht prangte auf seiner Brust, und er hatte ein Seil dabei, das er aufgewickelt über der Schulter trug.

»Wer von euch hat Kletter-Erfahrung?«, fragte er mit seiner dröhnenden Stimme.

Einige Hände hoben sich zaghaft in die Luft. Darunter auch die von Holger. Er war zwar mein bester Freund, aber in diesem Moment konnte ich mir einen Anflug von

Neid nicht verkneifen. Wenn er auf die Klettertour mitdurfte und ich nicht, würde ich ihm das nie verzeihen.

Der Mann von der Bergwacht deutete auf ihn. »Wo warst du klettern?«, fragte er. Es klang fast wie bei einem Verhör. Dementsprechend kleinlaut antwortete Holger.

»Ähm ... ich war letzten Sommer in einem Hochseilgarten.«

Der Bergführer sah ihn an, als hätte Holger von einem Klettergerüst auf dem Spielplatz gesprochen. »Nun ... dieser Bergkamm ist kein ... Hochseilgarten.« Er blickte Holger durchdringend an. Eine lange Pause entstand.

Schließlich trat der Herbergsleiter vor. Er war ein kleiner Mann, dessen roter Kopf ausgesprochen gut zum rot-weißen Karomuster seines Hemds passte. »Also, ich muss noch mal betonen, dass diese Tour wirklich nur etwas für geübte Sportler ist.«

Er bemühte sich, Hochdeutsch zu sprechen, doch seine Worte waren von einem starken Dialekt gefärbt.

»Man hat von dort oben eine unglaubliche Aussicht, aber der Weg hat seine Tücken. In diesen Bergen verschwinden jedes Jahr mehrere Urlauber, weil sie sich und ihre Fähigkeiten überschätzen. Manche ziehen ohne Ortskenntnisse los oder hören nicht auf die Anweisungen ihres Bergführers. Ich möchte euch ja keine Angst einjagen, aber der Aufstieg ist anspruchsvoll.«

»Also, mir schmeckt das gar nicht!«, meldete sich eine piepsende Stimme aus der Ecke.

Ich verdrehte die Augen. Frau Mommsen war aufgesprungen und kam in die Mitte des Saals gewackelt.

»Wir haben die Verantwortung für diese Kinder, und wir können nicht riskieren, dass sie sich den Hals brechen!«

Ich stimmte in das enttäuschte Gemurmel mit ein, das sich unter den Schülern ausbreitete. Natürlich, die Mommsen! Kein Museum wurde ausgelassen, doch wenn es mal einigermaßen nach Spaß und Abenteuer klang, machte sie einem gleich einen Strich durch die Rechnung.

»Ich kann Ihnen versichern, Frau Mommsen, dass Bertram einer der erfahrensten Bergleute in der Gegend ist. Er kennt jeden Felsgrat wie seine Westentasche. Er würde die Kinder niemals in Gefahr bringen«, wollte der Herbergsleiter sie beruhigen.

Frau Mommsen schien allerdings nicht überzeugt. Sie hatte die Arme verschränkt und sich mit ihren ganzen hundertvierzig Zentimetern vor dem Herbergsleiter aufgebaut. Ihren verkniffenen Gesichtsausdruck kannten wir nur zu gut – er ließ keine Diskussion zu. Ich ließ die Hoffnung auf eine aufregende Klettertour schon sausen und bereitete mich innerlich auf langweilige Nachmittage in Freilichtmuseen vor, als ein Wunder geschah.

Bertram stand auf. Er war drei Köpfe größer als die Mommsen. »Wollen Sie etwa andeuten, dass die Schüler bei mir in Gefahr schweben?«

Ein Anflug von Unsicherheit machte sich auf ihrem Gesicht breit. »Äh ... selbstverständlich nicht ... Ich meinte nur ...«

Plötzlich landete eine von Bertrams Pranken auf ihrer

Schulter. Er hatte wohl die Absicht gehabt, sie freundlich zu drücken, doch ich beobachtete mit einem Schmunzeln, wie die Lehrerin ein wenig in die Knie ging und so um gefühlte weitere zehn Zentimeter schrumpfte.

»Frau Mommsen, ich mache diese Tour, seit ich laufen kann. Ich kenne jeden Stein und jeden Felsvorsprung. Wenn die Schüler meinen Anweisungen folgen, kann ihnen nichts passieren. Ich schwöre Ihnen, dass ich die Kinder heil auf den Berg raufbringe!«

Er fixierte sie mit seinem Blick, bis ihr nichts anderes übrig blieb, als zu nicken. Holger drehte sich zu mir um und reckte siegessicher die Faust. Ich nickte ihm triumphierend zu.

Erst viel später dachte ich wieder an Bertrams Worte. Er hatte nichts davon gesagt, dass er uns auch heil wieder zurückbringen würde.

Ganz entgegen meiner Gewohnheit sprang ich aus dem Bett, als der Wecker am nächsten Morgen um sechs Uhr klingelte. Holger und ich waren die ersten im Speisesaal und hatten uns schon mit Kakao und Brötchen vollgestopft, als die Lehrer eintrudelten.

Bertram erwartete uns um sieben auf der Wiese vor der Herberge. Dort wollte er uns nicht nur die Grundlagen des Kletterns beibringen, sondern auch entscheiden, wer auf die Bergtour mitgehen durfte. Holger und ich wollten unbedingt einen guten Eindruck machen. Es stellte sich jedoch heraus, dass wir uns zu viele Sorgen gemacht hatten. Außer uns tauchten nur drei weitere Schüler auf, der Rest hatte wohl nach Frau Mommsens Schwarzmalerei zu viel Bammel bekommen.

Die Herberge lag auf einer grünen Anhöhe, dicht an die ersten Ausläufer des Bergmassivs gedrängt, über dem die Sonne gerade in den Himmel stieg. Eine Seite der Wiese wurde von einer glatten Felswand begrenzt, zu der Bertram uns nun führte. Er bot uns gleich das Du an und war außerdem wirklich ein guter Lehrer, denn innerhalb von einer Stunde hatte er uns das Wichtigste gezeigt, und wir alle hatten verinnerlicht, wie man sich mit Seilen und Karabinern sicherte. Einer nach dem anderen erklommen wir die Steilwand und seilten uns dann wieder ab.

»Das sieht schon sehr gut aus!«, sagte Bertram, als Holger sich abseilte.

Danach sicherte ich mich mit dem Seil und begann mit dem Aufstieg. Es gab genug Vorsprünge in der Wand, um sich bequem hinaufzuziehen. Nach zehn Minuten war ich oben angekommen und ließ mich dann in die Tiefe fallen.

Bertram, der das Seil hielt, brachte mich sanft auf den Boden zurück. »Super gemacht. Jetzt du!« Er zeigte auf Paula, die neben mir stand.

Sie hakte das Seil in ihren Klettergurt ein, und ich staunte nicht schlecht, als sie in nur der Hälfte der Zeit, die ich gebraucht hatte, oben war. Paula war ein eher unscheinbares Mädchen. Sie war dieses Jahr neu in die Klasse gekommen und hatte durch ihre schüchterne Art noch nicht viele Freunde gefunden.

Leicht neidisch hörte ich zu, wie Bertram ihr applaudierte. »Du bist ja ein Naturtalent«, sagte er anerkennend, als Paula wieder festen Boden unter den Füßen hatte.

»Ich klettere schon seit Jahren«, murmelte Paula und gab das Seil an Amélie weiter. Sofort sprang ihr Stefan zur Seite und half ihr beim Befestigen des Seils. Stefan und Amélie waren seit Langem ein Paar und nicht nur mir ging ihr ewiges verliebtes Getue mächtig auf die Nerven.

»Dir kann nichts passieren, Schatz. Ich passe auf dich

auf«, säuselte Stefan, als Amélie an die Felswand trat. Sie drehte sich um und warf ihm eine Kusshand zu.

Holger stieß mich mit dem Ellbogen an und machte einen übertriebenen Kussmund, während er die Augen verdrehte. Ich prustete los.

»Da, rechts neben deiner Hand, da kannst du dich festhalten«, rief Stefan hinauf. »Genau! Und jetzt den Fuß ein bisschen weiter nach links.«

Ich bemerkte, wie Bertram Stefan einen giftigen Blick zuwarf. »Deine Freundin schafft das schon alleine«, brummelte er schließlich, woraufhin Stefan verstummte.

Holger und ich genossen inzwischen den Anblick, denn Amélie war uns zwar nicht besonders sympathisch, machte dort oben in den Seilen jedoch keine schlechte Figur.

Schließlich hatte auch sie es geschafft und ließ sich abseilen. Jetzt war Stefan dran, und es bereitete mir eine diebische Freude, dass er mit Abstand am meisten Schwierigkeiten mit dem Aufstieg hatte. Einmal rutschte er sogar ab und hing wie ein frisch geangelter Hering am Seil, während Amélie einen spitzen Schrei ausstieß. Doch ein paar Minuten später kam auch er wieder unversehrt auf sicherem Boden an.

»Ich glaube, ihr seid so weit. Die Felswand hier ist viel schwieriger als alles, was uns auf der Tour begegnet. Das dürfte für euch also ein Kinderspiel sein«, beendete Bertram letztendlich das Training.

Ich blickte zu den schroffen Berggipfeln hinauf und konnte es kaum erwarten, dort oben herumzuklettern.

Wir bestiegen den Kleinbus der Bergwacht, während Frau Mommsen die anderen Schüler in den großen Reisebus lotste, der sie zum Startpunkt ihrer langweiligen Wanderung bringen würde. Ich setzte mich neben Bertram auf den Beifahrersitz. Als er den Motor anließ und an dem Reisebus vorbeifuhr, kreuzte sich mein Blick einen Moment lang mit dem von Frau Mommsen. Die Besorgnis in ihren Augen machte mir ein wenig Angst, auch wenn sie schon fast lächerlich übertrieben wirkte. Sie blickte mich an, als würden wir in den Tod fahren.

Der Kleinbus hatte seine besten Jahre weit hinter sich gelassen. Er dröhnte und knatterte und kroch nur widerwillig die enge Bergstraße hinauf, die sich in Serpentinen in die Höhe wand.

Die Sonne stand hoch am Himmel und schien mir direkt in die Augen, sodass ich sie mit den Händen abschirmen musste. Mir fiel ein kleiner Lichtfleck auf dem Armaturenbrett auf, der wie ein Schmetterling hin und her tanzte. Auf der Suche nach dem Ursprung sah ich zu Bertram hinüber und entdeckte einen kleinen bronzenen Anhänger, der an einer Kette um seinen Hals hing und die Sonne reflektierte. Er war etwa so groß wie eine Zwei-Euro-Münze. In die Oberfläche war ein Symbol eingraviert.

»Was ist das für ein Zeichen?«, fragte ich Bertram.

Zuerst wusste er nicht, wovon ich sprach, doch dann griff er nach dem Amulett und hielt es mir hin. Ich betrachtete das Symbol. Es stellte eine Hand dar, in deren Innenfläche eine Schnittwunde klaffte, aus der ein einzelner Blutstropfen hervorquoll.

»Das ist eine Art Glücksbringer«, erklärte Bertram. »Ich trage ihn immer, wenn ich klettern gehe.«

Er ließ den Anhänger los und konzentrierte sich wieder auf die Straße. Irgendetwas an dem Anhänger kam mir seltsam vor. Hier auf dem Land hätte ich etwas Altmodisches oder vielleicht etwas Erzkatholisches erwartet, ein Kreuz, eine Christophorus-Plakette oder ein Heiligenbildchen. Aber diese blutende Hand sah irgendwie fremdartig aus.

»Sind wir bald da?«, fragte Holger von hinten.

»Hinter der nächsten Kurve parken wir«, antwortete Bertram.

Der Bus brachte das letzte Stück der Strecke ratternd hinter sich und wir hielten auf einem Parkplatz neben der Straße. Dort stiegen wir aus und holten unsere Rucksäcke aus dem Kofferraum. Bertram schloss den Bus ab und führte uns dann auf den kleinen Kiesweg, der auf der anderen Seite des Parkplatzes an einem Bach entlang in Richtung Bergmassiv verlief.

Es dauerte eine halbe Stunde, bis wir die erste Felswand erreicht hatten. Vermutlich hätten wir es auch in der Hälfte der Zeit geschafft, wenn Amélie nicht plötzlich laut aufgeschrien hätte, weil ein Kieselstein in ihren

Schuh geraten war. Wir mussten also mit ansehen, wie Stefan ihr den Schuh auszog, den Übeltäter herausfischte und ihr die Zehen kitzelte, bevor er ihr den Schuh wieder überstülpte. Ich hielt mir die Hand vor den Mund und tat so, als würde mir mein Frühstück hochkommen, was Holger mit einem Lachen quittierte.

Bertram stieg als Erster auf. Gekonnt kletterte er an den Vorsprüngen und Ritzen empor und fixierte das Seil von oben. Dann folgten Paula, Holger, ich, Amélie und Stefan. Stefan hatte es endlich aufgegeben, seiner Angebeteten Ratschläge zu erteilen, da er offensichtlich der schlechteste Kletterer der ganzen Gruppe war.

Als auch er den Aufstieg geschafft hatte, wanderten wir einige Minuten durch das schroffe Felsgestein, bis wir an die nächste Steilwand kamen. Bertram hatte nicht zu viel versprochen. Die Landschaft war wirklich toll, wie in einem Fantasy-Film. Ich stellte mir vor, dass wir mit Schwertern bewaffnet auf dem Weg ins Feindesland waren, um einen dunklen Herrscher aus seiner Festung zu vertreiben.

Wir arbeiteten uns langsam nach oben. Holger und ich stellten nicht ohne eine gewisse Schadenfreude fest, dass sich die Stimmung zwischen Stefan und Amélie mit jedem Kletterabschnitt verdüsterte. Jetzt war es Amélie, die ihrem Schatz Ratschläge gab, und diesem schien das überhaupt nicht zu gefallen. Er gab nur noch mürrische Brummlaute von sich, wenn seine Freundin ihm mal wieder aus der Patsche helfen musste, weil er keinen Halt in der Felswand fand.

Als wir eine besonders hohe Wand erklommen hatten, drehte ich mich um und fiel vor Verblüffung fast wieder hinunter. Mir war nicht klar gewesen, wie hoch wir schon geklettert waren.

»Schau dir das an!«, rief ich Holger zu. Ich sah, wie seine Kinnlade hinunterklappte. Grüne Wiesen erstreckten sich tief unter uns. Eine Autobahn in der Ferne sah aus wie eine Ameisenstraße.

»Da unten sind wir hergekommen«, sagte Paula und deutete auf das winzige Herbergshaus. Durch ihre Kletterkünste schien sie ein wenig Selbstvertrauen gewonnen zu haben, ich hatte sie jedenfalls noch nie so viel sprechen hören wie an diesem Tag.

»Ich bin erst mal durch!«, sagte Stefan keuchend. Er hatte sich nach vorne gebeugt und die Hände auf die Knie gestützt. »Meine Füße bringen mich um.«

»Hier ist ohnehin ein guter Platz für eine Rast«, sagte Bertram und setzte sich mit dem Rücken gegen den Felsen. Wir ließen uns neben ihm nieder und packten die Lunchpakete aus, die uns die Herbergsleute mitgegeben hatten.

»Soll ich dir die Füße massieren, Schatz?«, fragte Amélie, als Stefan neben ihr zu Boden ging.

»Ich bin doch kein Baby!«, zischte Stefan. Ein scharfer Tonfall schwang in seiner Stimme mit, den er vergeblich zu unterdrücken versuchte.

Eingeschnappt widmete sich Amélie wieder ihrem Brötchen.

»Seht ihr das Felsplateau dort oben?«, fragte Bertram

nach einer Weile und deutete auf einen Vorsprung, der auf halbem Weg zum Gipfel aus dem Berg ragte. »Von da aus hat man eine traumhafte Aussicht. Allerdings ist der Aufstieg etwas anspruchsvoller als die bisherigen Wände. Traut ihr euch das zu?«

Paula, Holger und ich nickten sofort. Amélie sah Stefan mit einem besorgten Blick an, was diesen sichtlich wütend machte. »Natürlich schaffen wir das!«, sagte er trotzig. »Ist doch ein Kinderspiel.«

»Das höre ich gern«, antwortete Bertram. »Dann lasst uns keine Zeit verlieren!«

Wir packten unsere Sachen zusammen und machten uns auf den Weg. Etwa eine halbe Stunde lang ging es durch eine zerklüftete Landschaft, bis wir an eine Wand kamen, die hoch über uns aufragte. Jetzt wurde mir doch ein wenig mulmig zumute.

»Keine Bange. Das sieht von unten schlimmer aus, als es ist«, sagte Bertram beschwichtigend, nachdem ihm unsere Blicke aufgefallen waren. »Wir machen das wie gehabt. Ich klettere vor und werfe Paula das Seil zu. Dann folgt ihr mir in der üblichen Reihenfolge.«

»Nein!«

Überrascht drehten wir uns zu Stefan um.

»*Ich* klettere nach dir hoch. Paula hat eine Pause verdient.«

Uns allen war klar, dass Stefan weniger Paulas Wohlergehen im Sinn hatte als seine eigene verletzte Eitelkeit. Doch wir wollten es nicht noch schlimmer machen und stimmten zu.

Es dauerte eine halbe Ewigkeit, bis Stefan oben angekommen war und das Seil hinunterwarf. Da sich das Felsplateau hinter einem Vorsprung befand, konnten wir nicht bis ganz nach oben sehen. Natürlich musste Amélie als Nächste ihrem Schatz nachklettern. Als auch sie es geschafft hatte, folgte ihr Holger.

Inzwischen standen Paula und ich alleine unten rum. Da die Stille langsam ungemütlich wurde, suchte ich krampfhaft nach einem Gesprächsthema.

»Du kannst das echt gut«, sagte ich schließlich.

»Danke. Mein Vater hat mich früher immer mitgenommen, wenn er klettern war. Du stellst dich aber auch nicht so schlecht an.«

Sie lächelte.

Plötzlich sah ich sie mit anderen Augen. Bisher war sie die schüchterne Neue gewesen, die nie ein Wort gesagt und keine Freunde gehabt hatte. Aber jetzt, wo sie ein bisschen Selbstvertrauen geschöpft hatte, unterhielt sie sich ganz normal mit mir. Wahrscheinlich hatten wir ihr einfach unrecht getan, weil sie nicht vom ersten Tag an aus sich herausgegangen war.

»Der Nächste!«, schallte es von oben.

»Alter vor Schönheit«, witzelte Paula und deutete auf das Seil. Ich lächelte, hakte mich ein und machte mich an den Aufstieg. Es war wirklich anstrengend. An manchen Stellen musste man sich ganz schön strecken, um neuen Halt zu finden. Als ich oben ankam, gab Holger mir seine Hand und zog mich hinauf.

»Jetzt du, Paula!«, rief ich nach unten.

Das Seil, das Stefan fixiert hatte, spannte sich, als Paula loslegte.

»Klettern kann sie!«, sagte Holger bewundernd.

Stefan schnaubte abfällig. Ich drehte mich zu ihm.

»Also besser als du kann sie es bestimmt«, sagte ich.

Er warf mir einen giftigen Blick zu.

»Leute, seht mal dort drüben!«, rief Amélie in diesem Moment.

Doch Stefan ignorierte die Worte seiner Angebeteten. Seine Stimmung war immer noch im Keller. »Okay, vielleicht kann Paula einigermaßen klettern, aber das liegt doch eher daran, dass ihre Hände besser Halt finden, weil sie so klein ist. Außer ihrem Arsch. Der ist riesig!«

Stefan prustete los, als hätte er den Witz des Jahrhunderts gerissen. So ein Idiot!

»Der einzige riesige Arsch, den ich sehe, bist du!«, warf ich ihm an den Kopf.

»Hey Leute, das ist wirklich –«, unterbrach Amélie.

»Was hast du gesagt?«, fragte Stefan giftig.

»Du hast mich schon verstanden«, zischte ich. »Und außerdem hängst du am Seil wie ein Sack Kartoffeln.«

Jetzt ging es blitzschnell. Stefan machte einen Schritt auf mich zu und gab mir mit seiner freien Hand einen Schubser. Für einen Augenblick ließ er dabei das Seil los. Ein guter Meter rann durch seine Finger.

Von unten drang ein Schrei zu uns herauf, gefolgt vom Geräusch eines Aufpralls. Hastig packte Stefan das Seil und hielt es fest.

»Paula!«, rief ich erschrocken. »Bist du verletzt?«

Keine Antwort.

Das Seil schwang hin und her. Doch da Paula noch unter dem Vorsprung hing, konnten wir nicht sehen, was passiert war.

»Bertram! Paula ist …«, fing ich an, brach jedoch wieder ab und blickte mich stattdessen um. Wo war der Bergführer? Erst jetzt fiel mir auf, dass er verschwunden war.

»Leute, da drüben! Jetzt schaut doch mal«, rief Amélie erneut.

Ich blickte in die Richtung, in die sie gezeigt hatte, und konnte nicht glauben, was ich da sah. Eine blassgraue Nebelwand wallte über den Bergkamm. Riesig und dick wie Watte. Unaufhaltsam und rasend schnell hielt sie auf uns zu. War das normal? Jedenfalls konnte es ungemütlich werden.

»Wir müssen Paula holen, bevor uns die Wolkenwand erreicht«, rief ich. »Haltet das Seil fest!«

Holger und Stefan umklammerten mit beiden Händen das rote Tau. Ich legte mich auf den Bauch, schob die Beine über den Abgrund und ließ mich langsam nach unten gleiten. Erleichtert spürte ich Gestein unter meinem linken Fuß. Ich verlagerte das Gewicht darauf und suchte mit den Händen Halt. Das Seil diente mir als Wegweiser. Vorsichtig, Zentimeter um Zentimeter, kletterte ich abwärts und versuchte, den Gedanken aus meinem Kopf zu verscheuchen, dass ich nicht gesichert war.

Wenn ich jetzt auch nur den kleinsten Fehler beging,

war es aus mit mir! Mein Herz hämmerte, als ich endlich den Vorsprung erreichte, unter dem das Seil verschwand. Irgendwo da unten hing Paula.

Ich legte mich auf den Bauch und kroch nach vorne, bis ich über die Kante sehen konnte. Da war sie! Sie baumelte wie leblos am Ende des Seils. An ihrer Stirn klaffte eine Wunde, aus der Blut über ihr Gesicht floss. Sie musste gegen die Felswand gekracht sein, als Stefan die Kontrolle über das Tau verloren hatte.

»Paula!«, rief ich, so laut ich konnte. »Paula! Hörst du mich?«

Sie rührte sich nicht.

»Paula!«

Wieder geschah einige Sekunden lang nichts, doch dann hob sie langsam den Kopf.

»Paula, gib mir deine Hand!«

Ich kroch weiter nach vorne und streckte meinen Arm nach unten.

In diesem Moment hatte der Nebel uns erreicht. Erst sah ich Paula noch wie durch eine Milchglasscheibe. Dann hatte die Wolke sie verschluckt.

»Paula!«, rief ich in den weißen Dunst hinein. »Du musst versuchen, meine Hand zu packen!«

Ich streckte den Arm weiter aus und tastete die Luft in der Nähe des Seils ab. Doch da war nichts. Vielleicht hatte Paula mich nicht verstanden, vielleicht hatte sie wieder das Bewusstsein verloren und konnte deshalb ihre Hand nicht zu mir ausstrecken. Oder vielleicht reckte sie sie mir mit aller Kraft entgegen, und es fehlten nur Zentimeter, bis ich sie zu fassen bekam.

Ich robbte noch ein Stück vor, sodass mein Kopf und meine Schulter über den Abgrund ragten. Dann streckte ich meinen Arm, so weit es ging, doch Paulas Hand bekam ich immer noch nicht zu fassen. Wie ein Blinder wedelte ich mit der Hand durch den Nebel und kam dem Abgrund dabei gezwungenermaßen immer näher. Schon spürte ich, wie die Schwerkraft versuchte, mich in die Tiefe zu ziehen. Irgendwann würde ich das Gleichgewicht verlieren und abstürzen, wenn ich nicht aufpasste.

»Paula!«, rief ich ein letztes Mal, doch wieder bekam ich keine Antwort.

Ich setzte alles auf eine Karte. Mit der linken Hand hielt ich mich an dem Seil fest, während ich mich mit dem ganzen Oberkörper über den Abgrund lehnte. Wenn ich jetzt abrutschte, würde ich mit Sicherheit abstürzen. Wieder griff ich suchend in den Nebel. Meine Finger streiften etwas, was sich weder wie Seil noch wie Felsen anfühlte. Im nächsten Moment war es wieder verschwunden. Doch als ich noch einmal danach griff, schlossen sich Paulas Finger um meine. Endlich!

Ein Ruck durchfuhr mich und beinahe wäre ich abgerutscht, doch ich schaffte es, mich zu stabilisieren. Mit aller Kraft zog ich an Paulas Arm. Sie war zwar kleiner und leichter als ich, aber ich würde es niemals schaffen, sie ganz allein hochzuhieven.

»Du musst dir Halt an der Wand suchen«, rief ich hinab. Ich zerrte, bis meine Armmuskeln zu reißen drohten. Als ich spürte, dass meine Kraftreserven zur Neige gingen, ließ Paula meine Hand plötzlich los.

»Ich kann mich festhalten!«, rief sie durch den Nebel. »Ich komme jetzt hoch.«

Die Spannung des Seils ließ langsam nach. Wenig später erschien ihre rechte Hand auf der Oberseite des Felsvorsprungs. Ich griff danach und zog. Bald folgte die zweite Hand und dann der Rest. Erschöpft blieb Paula neben mir liegen. Wir waren jetzt vollkommen in der weißen Wolke eingeschlossen. Ich konnte nur etwa einen Meter weit sehen. Dahinter verlor sich alles im undurchdringlichen Nichts.

»Wir müssen da hoch«, sagte ich. »Meinst du, das schaffst du?«

Paula setzte sich auf. Die Wunde an ihrer Stirn schien

nicht tief zu sein, dennoch lief ein dünnes rotes Rinnsal heraus. Sie berührte die Stelle vorsichtig mit der Hand.

»Ist dir schwindelig?«, fragte ich besorgt.

Paula deutete ein Kopfschütteln an. »Mir brummt nur etwas der Schädel. Hätte schlimmer sein können. Ich glaube, es ist nur eine Schramme.«

Wir standen auf. Paula, die immer noch mit dem Seil gesichert war, kletterte voraus.

Fünf Minuten später erreichten wir den oberen Vorsprung. Als ich über die Kante kletterte, packte jemand meinen Arm und zog mich hoch. Der Jemand entpuppte sich als Holger.

»Danke«, sagte ich, als ich wieder auf den Beinen war. Hier oben war der Nebel noch dicker, sodass ich Holger und Paula nur schemenhaft erkennen konnte, obwohl sie keine drei Schritte von mir entfernt standen.

»Alles okay, Paula?«, fragte Holger. »Die Wunde an deiner Stirn sieht ganz schön übel aus.«

»Halb so wild«, antwortete Paula und lächelte tapfer.

Holger legte mir die Hand auf die Schulter. »Mann, ich habe ganz schön gezittert, als euch der Nebel verschluckt hat. Ich dachte, ich sehe euch nie wieder.«

Erst jetzt merkte ich, wie sehr mein Herz klopfte. Ich wollte irgendeine coole Antwort geben, doch ich nickte nur.

»Was ist denn passiert?«, fragte Paula. »Wieso hat das Seil plötzlich nachgegeben?«

Holger wollte schon antworteten, doch ich fiel ihm ins Wort. Ich wollte nicht, dass er Stefan an den Pranger stellte, das würde nur böses Blut geben und das konnten wir hier oben nicht gebrauchen.

»Es gab einen Windstoß und Stefan hätte fast das Gleichgewicht verloren«, log ich.

Paula nickte. »Ist ja noch mal gut gegangen. Aber wir müssen von dem Abgrund weg«, sagte sie. »Solange wir nichts sehen können, ist es hier zu riskant.«

»Wo sind die anderen?«, fragte ich Holger.

»Die waren gerade dabei, sich anzuschreien, als der Nebel kam. Auf einmal habe ich nichts mehr von ihnen gehört. Probieren wir es doch mal in der Richtung da.«

Wir machten uns mit ausgestreckten Armen auf den Weg in den Nebel. Fast wären wir mit Amélie und Stefan zusammengestoßen, die urplötzlich vor uns aus dem Dunst auftauchten. Zwischen ihnen schien in jeder Hinsicht dicke Luft zu herrschen, denn sie schwiegen sich demonstrativ an.

»Was machen wir jetzt?«, fragte Holger. »Irgendwelche Ideen?«

»Hier oben herumzulaufen ist jedenfalls viel zu gefährlich«, sagte Stefan.

Ich musterte ihn mit einem missbilligenden Blick, schließlich war er mit dafür verantwortlich, dass wir in dieser Klemme steckten.

»Wo ist eigentlich Bertram?«, fragte Paula.

»Er war auf einmal verschwunden«, antwortete ich.

»Was sollen wir denn jetzt machen?«, rief Amélie. Ihre Stimme hatte einen leicht hysterischen Tonfall angenommen.

»Amélie, du hast die Wolke als Erste bemerkt«, sagte Holger. »Hast du dich vorher umgesehen? Gibt es hier einen Pfad oder etwas Ähnliches?«

»Nein … das heißt, vielleicht. Ich glaube, irgendwo hinter uns war ein Wegweiser. Aber ich weiß nicht mehr genau, in welcher Richtung. Und daneben ging es steil bergab.«

»Ich werde ihn suchen«, sagte Stefan und wollte sich schon umdrehen, als er von Paula zurückgehalten wurde.

»Nein. Ich mache das. Ich hänge immer noch am Seil. Ihr haltet es fest und sichert mich.«

Stefan war sichtlich verdutzt über Paulas bestimmenden Ton, sagte jedoch nichts.

»Wenn du dich wieder fit fühlst, ist das eine gute Idee, du kennst dich am besten mit Klettern und so aus«, warf Amélie ein, und an Stefan gewandt fügte sie hinzu: »Du hast heute schon genug den Helden gespielt – mit wenig Erfolg.«

Ich genoss den beleidigten Blick auf Stefans Gesicht, dann machte ich mich mit Holger daran, Paula zu sichern. Sie ließ sich auf den Boden nieder und krabbelte auf allen Vieren vorwärts. Und wir achteten darauf, dass das Tau gespannt blieb. Wie ein merkwürdiges Tier verschwand Paula im Nebel.

Gespannt lauschten wir in die Stille hinein. Die weiße Wolke dämpfte alle Geräusche, als wäre der Berg in Watte gepackt.

Plötzlich drang ein erstaunter Laut zu uns. Sofort strafften wir das Seil.

»Bist du okay?«, rief Amélie nach Paula.

Keine Antwort. Sekunden vergingen. Meine Nerven waren bis zum Zerreißen gespannt.

»Ja, alles klar«, kam Paulas Stimme schließlich aus dem Nebel. »Ich habe nur mit einer Hand plötzlich ins Leere gegriffen. Jetzt weiß ich wenigstens, wo es abwärts geht.«

An der Bewegung des Seils erkannten wir, dass Paula die Richtung änderte.

»Hier ist er! Ich habe den Wegweiser gefunden!«, rief Paula einige Augenblicke später. »Ich binde das Seil dran fest, dann könnt ihr mir daran folgen.«

In unseren Händen zitterte das Tau, während Paula es festband. Als es sich beruhigt hatte, folgten wir ihr vorsichtig. Mit tastenden Schritten, das Seil fest umklammert, wandelten wir durch den Nebel. Bald tauchte vor mir eine Eisenstange auf, an der ein pfeilförmiges Holzschild befestigt war. ███████, stand darauf in gotischen Buchstaben.

Nur wo war Paula?

»Paula ist sicher schon vorausgegangen«, sagte Holger, der sich wohl die gleiche Frage gestellt hatte.

Vor uns war der Anfang eines Schotterpfads zu erkennen, der an der Felswand entlang in die Höhe führte. Ich betrat ihn und folgte ihm langsam. Die anderen reihten sich hinter mir ein.

»Das ist doch keine normale Wolke«, sagte Holger, der hinter mir ging. »Spürst du das? Die Luft ist irgendwie … ölig.«

Jetzt bemerkte ich es auch. Ein schmieriger Film hatte sich auf meinen Händen und im Gesicht gebildet.

Ich drehte mich zu Holger um. »Vielleicht sind das die Abgase von einer Chemiefabrik auf der anderen Seite des Tals oder so?«, mutmaßte ich.

In diesem Moment entgleisten Holgers Gesichtszüge. Ängstlich sah er an mir vorbei. Blitzschnell fuhr ich herum.

Der Schatten eines Mannes war vor uns im Nebel aufgetaucht. Wie angewurzelt blieb ich stehen. Bilder von behaarten Schneemenschen schossen mir durch den Kopf.

Der Schatten bewegte sich nicht.

»Ha...hallo?«, sagte ich zaghaft.

Plötzlich trat der schwarze Schatten vor und packte mich. »Wo seid ihr gewesen?!«

Es war Bertram. Mir fiel ein Stein vom Herzen.

»Ihr könnt hier oben doch nicht einfach abhauen!«

Ich war zu verdutzt, um zu antworten. *Er* war es doch gewesen, der plötzlich verschwunden war.

»Kommt mit. Paula wartet schon auf euch.«

Sprachlos folgten wir ihm. Etwas an seinem Tonfall kam mir merkwürdig vor. Er klang nicht zornig oder besorgt, sondern eher enttäuscht und nachdenklich. Ich konnte den Eindruck nicht abschütteln, dass es ihm lieber gewesen wäre, wenn wir ihn nicht gefunden hätten.

Ein paar Meter vor uns saß Paula auf dem Boden. Als wir sie erreicht hatten, stand sie auf und lief neben mir her. Ich warf ihr einen fragenden Blick zu und deutete auf Bertram, der uns durch den Dunst lotste. Auch sie wusste wohl keine Erklärung für sein Verhalten und antwortete nur mit einem Schulterzucken.

Einige Minuten später bemerkte ich Bäume, die links und rechts des Pfads wuchsen. Mit ihren kargen, verwinkelten Ästen, die jahrelang vom Wind verbogen worden waren, wirkten sie wie versteinerte Menschen. Die Bäume verdichteten sich, bis wir durch einen Wald gingen.

Immer wieder zuckte ich zusammen, wenn irgendwo ein Vogel krächzte oder mit einem lauten Flattern in die Luft flog. Ich konnte nur schwarze Schemen im milchigen Weiß erkennen. Hier oben war es wirklich unheimlich.

Irgendwann lichteten sich die Bäume wieder und im gleichen Maße lichtete sich endlich auch der allgegenwärtige Nebel.

Kurze Zeit später traten wir aus dem kleinen Wald hinaus. Nur noch ein blasser Dunst hing in der Luft, sodass wir freie Sicht auf den Talkessel hatten, der sich vor uns erstreckte.

Und jetzt erblickten wir zum ersten Mal – das Dorf.

## 5

Schon von Weitem wirkten die windschiefen Häuser unheimlich. Wo waren wir hier gelandet? Wer baute in dieser unwirtlichen Gegend eine Siedlung?

»Äh ... wo ... wo sind wir?«, fragte Amélie.

»Das ist ▬▬▬▬▬▬«, antwortete Bertram. »Ich bin hier aufgewachsen. Durch die geografischen Gegebenheiten treten diese Nebelwolken hier öfter auf, obwohl laut Wetterbericht für heute alles klar sein sollte. Aber so ist das manchmal eben. Wir müssen warten, bis sich die Wolke wieder verzogen hat, vorher können wir nicht weiter. Bei einem heißen Kakao ist das Warten angenehmer, dachte ich mir.«

Er warf uns ein Lächeln zu. Die Aussicht auf heißen Kakao war großartig, trotzdem war ich ein wenig misstrauisch.

»Wo warst du vorhin?«, fragte ich.

»Ich bin ein Stück vorausgegangen«, antwortete er, ohne mich anzusehen. »Ich habe die Nebelwand entdeckt und wollte nachschauen, ob der Weg zum Dorf frei ist, falls sie uns erreicht. Ihr wart beim Aufstieg so gut, dass ich dachte, ich könnte euch für zwei Minuten allein lassen. Offensichtlich habe ich mich getäuscht.«

Der Tadel schmerzte. Wir hatten uns wirklich blöd

verhalten. Wenn jemand am Seil hing, durfte man sich nicht von seinen Gefühlen leiten lassen und einen Streit anzetteln.

Bertram folgte dem Pfad die Wiese hinab. Wir liefen hinterher. Die Häuser im Talkessel standen eng zusammen, als hätten sie sich aneinandergedrängt, um dem Wind zu trotzen. Ihre Wände bestanden aus massiven Holzstämmen und die Schindeln der abgeschrägten Dächer waren mit großen Steinen beschwert.

Wir hielten auf eine Lücke zwischen zwei der Blockhütten zu. Dahinter sah man einen Platz, um den die Gebäude im Kreis angeordnet waren. In der Mitte stand eine große steinerne Statue, die, bei näherem Hinsehen, über und über mit Moos und Flechten bedeckt war. Sie stellte einen bärtigen Mann dar, der einen Hut auf dem Kopf und einen Rucksack auf dem Rücken trug. Ein Bein war leicht angewinkelt und stand auf einem Stein. Seine Daumen hatte er unter die Riemen des Rucksacks gehakt und sein grimmiger Blick war auf einen Punkt in weiter Ferne gerichtet. Der Name »Heinrich ████████ « war in den Sockel eingemeißelt worden.

Mir war er auf Anhieb unsympathisch.

Bertram führte uns auf den Dorfplatz, und als er neben dem Denkmal stand, fiel mir auf, wie ähnlich er dem steinernen Mann sah.

»Das ist Heinrich ████████. Er hat unser Dorf vor über hundert Jahren gegründet.«

Mit stolzgeschwellter Brust begann er, von den Anfängen des Dorfes zu erzählen, doch die Geschichte machte bei uns wenig Eindruck. Der Wind pfiff hier oben wie ein eisiges Schwert zwischen den Häusern hindurch, und wir waren viel zu sehr damit beschäftigt, unsere kalten Gliedmaßen warmzurubbeln, um der örtlichen Historie zu lauschen.

Als ich mich umblickte, fiel mir auf, dass aus einem der Gebäude Stimmen drangen. An der Ostseite des Dorfes stand eine Kapelle, die wie die anderen Gebäude auch ganz aus Holz gebaut war. Gedämpftes Murmeln war aus ihrem Inneren zu hören. Es klang aber nicht nach Gebeten oder einer Predigt, es erinnerte mich eher an eine Schulstunde. Ganz deutlich war eine Frauenstimme zu hören, die etwas zu erklären schien.

Bertram beendete seine Erzählung und führte uns um das Denkmal herum zu dem größten Haus am Dorfplatz. Als wir näher kamen, öffnete sich die Vordertür und ein Mann trat heraus. Er trug einen grünen Lodenmantel und einen passenden Hut, an dessen Band ein Gamsbart steckte.

»Da seid ihr ja!«, rief er fröhlich, als er uns sah. »Immer herein in die gute Stube. Am Ofen könnt ihr euch aufwärmen.«

Das ließen wir uns nicht zweimal sagen und folgten der Einladung. Doch als wir über die Schwelle des Hauses traten, flüsterte mir Holger zu und sprach damit aus, was auch mir durch den Kopf geschossen war.

»Woher wusste der Typ, dass wir kommen?«

Als wir in die Stube traten, schlug uns wohlige Wärme entgegen. Ein großer Esstisch mit zwei Sitzbänken stand vor einem alten Kachelofen, der in der Ecke des Hauses seine Hitze verbreitete. Der Hausherr lud uns ein, auf den Bänken Platz zu nehmen, wobei er uns freundlich ansah.

»Ich bin Gunnar«, sagte er, als wir uns hingesetzt hatten. »Ihr möchtet sicher etwas Warmes zu trinken.«

Wie auf Kommando öffnete sich die Tür und ein Mann und eine Frau betraten das Zimmer. Sie trugen Tabletts, auf denen große Steinkrüge standen, die mit einer dampfenden Flüssigkeit gefüllt waren. Ich roch an dem aufsteigenden Dunst: Kakao.

Der Duft des süßen Getränks war einfach verlockend. Ich hob meinen Krug und nahm einen tiefen Schluck. Es schmeckte köstlich. Ich spürte, wie die Wärme meinen Hals hinunterrann und sich in meinem Magen ausbreitete.

»Ich werde hoch zur Station gehen und im Tal Bescheid sagen, damit die sich keine Sorgen machen«, sagte Bertram an Gunnar gewandt.

»Gibt es hier denn kein Telefon?«, fragte Paula verdutzt.

Bertram war schon bei der Tür angekommen und drehte sich noch einmal um. »Äh … nein. So alte abgelegene Dörfer wie unseres hat man nie an die öffentlichen Telefonnetze angeschlossen. Strom kommt hier auch aus dem Generator. Aber etwas weiter oben ist eine Station der Bergwacht. Die haben ein Funkgerät.«

Damit verschwand Bertram und schloss die Tür. Wo waren wir denn hier gelandet?

»Meinen Namen kennt ihr ja schon«, sagte Gunnar und riss mich aus meinen Gedanken. »Und das hier sind Johannes und seine Frau Elsa.«

Er deutete auf das Ehepaar, das die Tabletts hereingetragen hatte.

»Johannes ist der Arzt hier im Dorf und Elsa so etwas wie die gute Seele.«

Der Arzt nickte uns freundlich zu, doch seine Frau musterte uns mit einem mürrischen Gesichtsausdruck, als wären wir unerwünschte Eindringlinge.

»Hast du dich verletzt?«, fragte Gunnar, als er die Wunde auf Paulas Stirn entdeckte.

»Halb so wild«, antwortete sie.

»Das werde ich mir besser einmal ansehen«, sagte der Arzt. »Ich bin gleich zurück.«

Er stand auf und verließ die Stube.

Gunnar fragte uns nach unseren Namen und plauderte über dies und das. Offenbar hatte er viel zu erzählen. Vermutlich bekamen sie hier oben nicht gerade oft Besuch. Ein bisschen nervig war nur, dass Gunnar den meisten unserer Fragen zu dem Dorf und seinen Bewohnern auswich. Zumindest bekam ich oft genug keine klare Antwort.

Die Tür öffnete sich und Johannes kam zurück. Er trug eine alte lederne Arzttasche in den Händen. Damit setzte er sich neben Paula und machte sich daran, die Wunde zu versorgen.

Das wärmende Feuer machte mich schläfrig und ich hätte am liebsten die Augen zugemacht und wäre am

Tisch eingenickt, doch dann riss mich Glockengebimmel aus meinem Halbschlaf.

Ich blickte durch das Fenster und entdeckte eine Gruppe Schüler, die aus der Kapelle traten.

Gunnar klatschte in die Hände. »Ah, das ist doch genau der richtige Zeitpunkt, um euch die Kinder vorzustellen. Wenn ihr mich nach draußen begleiten wollt?«

Etwas widerwillig verließen wir den gemütlichen Platz am Feuer und folgten Gunnar auf den Dorfplatz. Die Wärme war noch nicht bis zu meinen Knochen vorgedrungen, und mich fröstelte, als der Wind wieder nach meinen Kleidern packte.

»Kinder, wir haben Gäste. Wollt ihr euch nicht vorstellen?«

Sofort kamen die Schüler zu uns und stellten sich nacheinander vor.

Ich musste nicht zu den anderen hinüberblicken, um zu sehen, dass sie genauso fasziniert waren wie ich.

Mit diesen Jugendlichen stimmte etwas nicht.

Sie waren wunderschön.

Wie in Trance gingen wir an den Schülern vorbei und gaben ihnen nacheinander die Hand. Ich konnte mir keinen einzigen ihrer Namen merken, denn ich war von ihrem Anblick regelrecht gefesselt.

Die Jungen und Mädchen des Dorfes sahen nicht einfach nur gut aus, sie waren von makelloser Schönheit. Sie hatten reine Haut, klare große Augen und glattes seidiges Haar. Die Mädchen waren grazil wie Porzellanfiguren, und die Jungen sahen aus, als wären sie aus Marmor gemeißelt. Das Lächeln der Mädchen hätte ich nur als »bezaubernd« beschreiben können, und ein Blick zu Amélie und Paula genügte, um festzustellen, dass die Jungs einen ähnlichen Eindruck bei ihnen hinterließen.

Der kalte Wind war vergessen. Als ich alle begrüßt hatte, bedeckte ein Schweißfilm meine Handfläche.

In diesem Moment erschien Bertram zwischen den Häusern an der Westseite des Dorfes. »Schlechte Nachrichten«, sagte er, als er uns erreicht hatte. »Laut aktuellem Wetterbericht bleibt uns diese Wolke erst einmal erhalten. Vor morgen früh kommen wir hier nicht weg. Ich habe aber die Herberge informiert, dass ihr in Sicherheit seid und wir so bald wie möglich wieder zurückkommen.«

Zehn Minuten vorher wäre ich über diese Nachricht noch bestürzt gewesen, doch jetzt, da ich die Mädchen von ████████ gesehen hatte, hüpfte mir das Herz in der Brust.

Gunnar rieb sich die kalten Hände.

»Hmm, das ist ungünstig«, sagte er zu uns gewandt. »Aber keine Sorge, das kriegen wir schon! Am besten setze ich mich mit Bertram, Johannes und Elsa zusammen, um festzulegen, wo ihr am besten unterkommt. Ihr könnt euch inzwischen ja ein wenig mit den Kindern anfreunden.«

Damit verschwanden die Erwachsenen im Haus. Ich warf Holger einen vielsagenden Blick zu. Ich wollte nichts lieber, als mich »mit den Kindern anzufreunden«, doch leider verschlug es mir immer die Sprache, wenn ich mich mit hübschen Mädchen unterhalten wollte.

Etwas verkrampft drehte ich mich zu den Schülern. Gerade wollte ich mir irgendeine lustige Geschichte zurechtlegen, als schon drei der Mädchen auf mich zu liefen.

Und ich kam gar nicht dazu, mich wie sonst zu blamieren. Sie übernahmen die Initiative, stellten mir Fragen, lachten an den richtigen Stellen über meine halb witzigen Antworten und gaben mir nach kurzer Zeit das Gefühl, dass wir uns schon seit Ewigkeiten kannten.

Als doch mal eine Pause im Gespräch entstand, blickte ich mich um. Mir fiel auf, dass jeder von meinen Mitschülern alleine mit einer Gruppe der Dorfjugendlichen zusammenstand. Selbst Amélie und Stefan, die sonst so unzertrennlich waren, sprachen mit verschiedenen Grüppchen.

Wenig später öffnete sich die Tür zu Gunnars Haus und die Erwachsenen traten zu uns auf den Platz. Gunnar klatschte in die Hände, um unsere Aufmerksamkeit auf sich zu ziehen.

»Wir haben Folgendes beschlossen: Ihr werdet diese Nacht bei uns im Dorf verbringen, und wenn sich der Nebel morgen gelichtet hat, wird Bertram euch zurückführen. Holger, du wirst bei Johannes und Elsa übernachten, Stefan und Amélie, ihr kommt bei Xaver und seiner Frau Senta unter, Paula bleibt bei Sigurd und Esther – und du, Ben, nächtigst bei Bertram.«

Wir folgten Gunnars Anweisungen. Holger folgte Johannes, und um die anderen kümmerten sich die Jugendlichen, die sie zu ihren Unterkünften begleiteten. Ich ging mit Bertram mit, der mich zum westlichen Ende des Dorfes brachte. Eines der drei Mädchen, mit denen ich mich so gut verstanden hatte, gesellte sich zu mir.

»Begleitest du mich?«, fragte ich verwundert.

»Klar. Wir haben ja dasselbe Ziel«, sagte sie zwinkernd. »Ich bin Andrea, Bertrams Tochter.«

Ich versuchte, mein Pokerface aufzusetzen. Die Vorstellung, mit diesem Mädchen eine Nacht unter demselben Dach zu verbringen, ließ mein Herz schneller schlagen.

Bertram führte uns zwischen den Häusern hindurch. Ich hörte Wasser rauschen, und als wir um die nächste Ecke bogen, entdeckte ich die Quelle des Geräusches.

Hinter dem Dorf verlief ein kleiner Fluss. Er wurde durch einen Wasserfall gespeist, der von der Felswand oberhalb des Dorfes herabprasselte. Am Ufer des Flusses stand eine kleine Mühle, deren Rad vom Wasser angetrieben wurde. In regelmäßigen Abständen quietschte es durchdringend.

»Mahlt ihr dort Getreide oder so?«, fragte ich.

»Nein. Hier oben wächst nicht viel. So erzeugen wir unseren Strom«, erklärte Andrea. »Der Generator im Mühlhaus produziert genug Elektrizität für das ganze Dorf.«

Wie dumm von mir! Ich hätte mir doch denken können, dass es in dieser Höhe keine wallenden Kornfelder gab. Ich nickte schnell und nutzte den Moment, um sie näher zu betrachten. Ihr kastanienbraunes Haar fiel wie dunkles Gold um ihre makellosen Züge und bildete einen Kontrast zu ihrer hellen Haut. Von den drei Mädchen, die sich mit mir unterhalten hatten, hatte sie mir von Anfang an am besten gefallen.

Wir liefen an der Mühle vorbei ein Stück weit den Hang hinauf. Dort stand ein gemütliches Häuschen, das den anderen im Dorf sehr ähnlich war. Bertram schloss die Tür auf und wir traten ein.

»Zeig unserem Gast doch sein Quartier und bring ihm, was er braucht«, sagte Bertram zu seiner Tochter. »Ich hoffe, es macht dir nichts aus, auf dem Dachboden zu schlafen«, fügte er an mich gewandt hinzu.

Andrea nahm eine Stange mit einem aufgesetzten Haken von der Wand und manövrierte ihn in eine Öse, die an der Decke befestigt war. Als sie daran zog, öffnete sich eine Klappe. Dann stellte sie eine Leiter an die Öffnung und bat mich mit einer einladenden Geste hinaufzusteigen. Ich kletterte nach oben und fand mich in einer urgemütlichen Dachkammer wieder. An den Wänden war allerlei Gerümpel aufgereiht. Unter den beiden Fenstern, durch die schwaches Tageslicht drang, stand ein altes Holzbett.

Andrea erschien in der Klappe.

»Es ist zwar nicht besonders luxuriös, aber ich hoffe, es genügt dir«, sagte sie ein wenig schüchtern.

»Es ist toll!«, antwortete ich.

Ich setzte mich auf das Bett und sah aus dem Fenster. Von hier aus hatte man einen Ausblick über das ganze Tal. Durch die Hanglage des Hauses konnte ich gut auf den Dorfplatz sehen, der bis auf Heinrich ▬▬▬▬▬ inzwischen ausgestorben war.

»Was für eine Aussicht!«, sagte ich bewundernd und drehte mich zu Andrea um, die meine Begeisterung nicht zu teilen schien. »Ist was?«

Sie wirkte plötzlich abwesend, als würde sie irgendetwas bedrücken. Sie stand reglos vor der Klappe und blickte traurig zu Boden. Dann fing sie sich wieder und lächelte mich an.

»Nein, nein! Alles in Ordnung. Mach es dir schon mal gemütlich. Ich suche frische Bettwäsche und Handtücher zusammen – sag Bescheid, falls du sonst noch was brauchst. In einer Stunde essen wir zu Abend.«

Damit kletterte sie die Leiter wieder hinunter.

Andreas plötzlicher Anflug von Traurigkeit hatte mich vollkommen verwirrt. Wir waren zwar freundlich aufgenommen worden, aber ich hatte bis jetzt noch niemanden in diesem Dorf getroffen, den man als normal bezeichnen konnte.

Ich legte mich aufs Bett und schloss die Augen.

Ich musste wohl eingenickt sein, denn Bertrams Stimme weckte mich aus einem traumlosen Schlaf.

»Zu Tisch, Ben!«, rief er zu mir herauf. »Wir wollen jetzt essen.«

Ich rappelte mich hoch und kletterte die Leiter hinunter. Beim Abendessen war Andrea wieder gut gelaunt und aufgeschlossen. Als wir fertig waren, stand Bertram auf.

»Ich gehe noch mal zu Gunnar«, sagte er. »Andrea, kümmerst du dich um den Abwasch?«

»Mach ich, Papa«, antwortete sie.

Er verließ das Haus. Als die Tür ins Schloss gefallen war, passierte es wieder. Ein Schatten legte sich über Andreas Miene. Vielleicht konnte ich ihre Laune etwas heben.

»Darf ich dir beim Abspülen helfen? Zu zweit geht es sicher schneller.«

Sie rang sich ein Lächeln ab und zusammen brachten wir das Geschirr in die Küche. Ich drehte das Wasser auf und wollte anfangen, die Teller und Gläser zu schrubben. Doch als meine Hand mit dem Wasser in Berührung kam, zog ich sie blitzartig zurück.

»Ist das kalt!«, rief ich laut.

Andrea lachte. »Das Wasser kommt direkt aus der Bergquelle. Deshalb ist es so eisig.«

»Schon okay. Ich habe mich nur etwas erschreckt«, antwortete ich kleinlaut und machte mich ans Werk.

»Klang jedenfalls lustig«, sagte Andrea grinsend und begann, das Geschirr zu trocknen. Plötzlich fing das Licht der Deckenlampe zu flackern an. Besorgt sah ich nach oben.

»Das ist nur der Generator«, klärte mich Andrea auf.

»Und ich dachte schon, ich hätte durch mein Kreischen die Geister geweckt«, witzelte ich.

Andrea lächelte. »Tut mir leid, dass hier alles so ... mittelalterlich ist. Du bist sicher eine modernere Einrichtung gewöhnt.«

»Ich finde es toll hier«, antwortete ich. »Ich lebe mit meinen Eltern in einer Großstadt in einer kleinen Wohnung. Da gibt es zwar gleichmäßigen Strom und warmes Wasser, aber hier ist es trotzdem gemütlicher.«

»Nicht immer. Wenn es im Winter richtig schneit, kann es ganz schön ungemütlich werden.«

»Du müsstest im Winter mal bei uns sein!«, sagte ich. »Bei uns liegt fast nie richtig Schnee.«

Andreas Gesichtszüge wurden hart. Hatte ich etwas Falsches gesagt? Natürlich, ich Idiot! Ich kannte sie seit zwei Stunden und hatte sie eben indirekt schon zu mir nach Hause eingeladen.

Wahrscheinlich dachte sie jetzt, ich sei schon in sie verknallt. *War* ich in sie verknallt?

Diese Gedanken führten zu nichts. Ohne ein weiteres

Wort spülten wir das restliche Besteck ab. Danach brachte mir Andrea einen Stapel mit Bettzeug und Handtüchern und zeigte mir das Bad. Mit einem knappen »Gute Nacht« verabschiedete sie sich schließlich und ging auf ihr Zimmer.

Betrübt kletterte ich die Leiter hinauf. Zehn Minuten später legte ich mich ins frisch bezogene Bett und konnte nicht einschlafen.

Wieso waren Mädchen so kompliziert? Mit ihnen zu reden war, wie über ein Minenfeld zu spazieren. Ein falsches Wort und BUMM! Ich drehte mich auf die Seite und versuchte, einzuschlummern. Na toll, jetzt musste ich auch noch auf die Toilette! Ich stand also auf, schlurfte zur Leiter und kletterte nach unten.

Leise, um niemanden zu wecken, schlich ich durch die Diele. Nachdem ich das Bad benutzt hatte, ging ich zu meiner Luke zurück, doch auf dem Weg hielt ich inne. Ich stand genau vor Andreas Tür. Irrte ich mich oder war das …?

Ich lauschte angestrengt.

Nein, ich hatte mich nicht getäuscht.

Andrea weinte.

Jetzt wusste ich überhaupt nicht mehr, was ich denken sollte. Was hatte ich falsch gemacht? Andererseits hatte es vielleicht gar nichts mit mir zu tun. Ratlos stieg ich die Leiter hoch, legte mich ins Bett und schlief kurz darauf doch noch ein.

Am nächsten Morgen kletterte ich aus meiner Koje und fand Bertram in der Küche.

»Setz dich zu mir«, sagte er freundlich.

Ich nahm Platz.

»Andrea ist schon in die Schule gegangen«, beantwortete er meinen fragenden Blick auf ihren leeren Stuhl. »Ich habe gestern Abend mit Gunnar gesprochen. Er hat sich bereit erklärt, euch heute seinen Betrieb zu zeigen. Wie es aussieht, sitzen wir nämlich mindestens noch für ein paar Stunden fest und so könnt ihr die Zeit wenigstens sinnvoll nutzen.«

»Was für einen Betrieb?«, fragte ich, während ich eine Scheibe Brot mit Butter bestrich.

»Er leitet eine Glashütte etwas außerhalb des Dorfes. Dort könnt ihr den Vormittag verbringen. Wenn der Nebel sich verzogen hat, können wir dann am Nachmittag ins Tal absteigen.«

Nach dem Frühstück traf ich die anderen also vor der Mühle – wie Bertram es mit Gunnar vereinbart hatte. Gunnar begrüßte mich freundlich und führte uns dann über einen Steg auf die andere Seite des Flusses. Hinter einer Biegung am Waldrand – wenn man die einzelnen kargen Bäume einen »Wald« nennen konnte – stand ein hoher kegelförmiger Bau, der an ein Indianerzelt erinnerte. Aus der Öffnung an der Spitze des Kegels quoll weißer Rauch.

»Das ist einer der letzten traditionellen Glashüttentürme, die noch in Betrieb sind«, sagte Gunnar nicht ohne Stolz.

Er erläuterte ein paar historische Fakten und dann führte er uns ins Innere. Sengende Hitze schlug uns entgegen. Diese wurde von einem Ofen in der Mitte des Turmes erzeugt, der an allen Seiten mit Öffnungen versehen war.

Fünf Arbeiter waren damit beschäftigt, das geschmolzene Glas mithilfe von langen hohlen Stangen in Form zu blasen. Bei dem komplizierten Prozess wurde das Glas immer wieder gedreht und mit allerlei Werkzeugen bearbeitet.

»Das Glas der ████████ hütte ist in der Region sehr beliebt«, erklärte Gunnar. »Man erkennt es an dem eingearbeiteten Umriss von Heinrich ████████ am Boden der Objekte.«

Ich erinnerte mich, dass ich diesen Stempel auf den Wassergläsern in der Herberge gesehen hatte.

»Was ist denn das da? Eine Blumenvase?« Paula deutete auf einen Gegenstand, der von zwei etwas übergewichtigen Glasbläsern in Form gebracht wurde. Er sah aus wie eine Art Pokal, und der Mann und die Frau waren gerade dabei, zwei Griffe zu fertigen, die wie Schwanenhälse aus der Seite des Glases wuchsen.

Gunnar schmunzelte. »Oh, das dürftet ihr eigentlich noch gar nicht sehen. Das wird ein Kelch, den wir nach einem alten Brauch jedes Jahr für unser Frühlingsfest herstellen. Xaver und Senta sind unsere besten Handwerker. Sie stellen diesen Kelch schon seit Jahren her.«

Ich ging ein paar Schritte auf die beiden zu. Etwas an ihrer Arbeit hatte meine Aufmerksamkeit erregt. War das etwa …? Im Lichtschein der Glut, die im Ofen brannte, war es ganz deutlich zu sehen. Ein Emblem prangte auf der Vorderseite des Kelchs und ich erkannte es sofort wieder.

Es war der Umriss einer Hand, aus der ein einzelner Blutstropfen quoll.

Es war das gleiche Symbol, das auch an Bertrams Halskette hing.

»Was hat es mit dem Symbol da auf sich?«, fragte ich Gunnar.

Für einen Moment schien meine Frage ihn zu irritieren, doch dann lächelte er.

»Oh, das ist ein alter Aberglaube, der mit dem Frühlingsfest übermorgen zusammenhängt«, sagte er und machte eine wegwerfende Handbewegung.

»Was für ein Aberglaube?«, bohrte ich nach.

»Eine Legende. Ein wenig blutrünstig. Ich möchte euch nicht langweilen.«

Doch ich ließ nicht locker. »Jetzt aber raus mit der Sprache! Das klingt spannend.«

Gunnar rang sich ein Lächeln ab. »Nun, das alles trug sich angeblich vor fast genau hundert Jahren zu«, begann er. »Damals war ████████ mehrere Wochen einge-schneit und komplett von der Außenwelt abgeschnitten. Nach und nach gingen die Vorräte zur Neige. Als der Hunger die Bewohner fast in den Wahnsinn getrieben hatte, schlug eine alte Frau vor, dem Berggeist ein Blut-opfer darzubringen. Normalerweise hätten sie die übri-gen Dörfler bestimmt ausgelacht, doch die Leute waren vom Hunger so ausgezehrt, dass sie zu allem bereit wa-ren. Ganz in der Nähe des Dorfes steht ein Dolmen auf einer Lichtung. Dort wollte die alte Frau den Berggeist beschwören.«

»Was ist ein Dolmen?«, fragte Holger.

»Ein Steintisch und eine Art Grabmal, das wahrscheinlich aus der Jungsteinzeit stammt. Unser Dolmen ist ein großer, flacher Stein, der auf drei kleineren Steinen ruht, die aus der Erde ragen. Also jedenfalls heißt es, dass die Alte damals irgendwelche Beschwörungen murmelte und die Dorfbewohner sich die Hände aufritzten und ihr Blut auf den Stein rieben. Am nächsten Tag schmolz der Schnee und sie waren gerettet.«

»Das ist ganz schön unheimlich«, sagte Amélie.

»Glauben Sie daran?«, fragte Stefan.

Gunnar lachte. »Nein! Wir sind hier oben vielleicht ein wenig eigen, aber an so einen Hokuspokus glauben wir schon lange nicht mehr. Trotzdem feiern wir jedes Jahr an diesem Tag das Frühlingsfest. Es ist eine alte und schöne Tradition, um den Frühling willkommen zu heißen.«

»Und was hat der Kelch für eine Bedeutung?«, wollte Paula wissen.

Gunnar drehte sich zu ihr. »Daraus trinken wir einen Kräuterschnaps, den wir eigens für das Fest brennen. Schade, dass ihr heute das Dorf schon wieder verlassen müsst. Unser Frühlingsfest ist wirklich ein vergnügliches Ereignis und der Höhepunkt des Dorflebens.«

»Das mit dem Verlassen könnte schwierig werden«, sagte eine Stimme hinter uns. Wir drehten uns um. Bertram stand in der Tür. »Schlechte Nachrichten. Der Nebel verzieht sich kein bisschen. Er wird eher noch dicker.«

Er sah Gunnar an, und ich glaubte, den Ansatz eines Nickens bei dem Glashüttenbetreiber zu entdecken.

»Nun ja, dann wird es vielleicht doch noch was mit dem Frühlingsfest«, sagte er. »In der Zwischenzeit ist es am besten, wenn ihr euch zu den anderen in die Schule gesellt. Dann seid ihr wenigstens unter Gleichaltrigen – und wer weiß, vielleicht findet ihr es sogar ganz interessant. Seht es doch einfach als kulturellen Austausch an.« Gunnar lachte.

Als wir uns zum Ausgang begaben, lief Holger neben mir.

»Also ich habe nichts gegen einen ›kulturellen Austausch‹ mit den Mädchen hier«, sagte er und zwinkerte mir zu.

Ich lächelte, doch dieser Blick zwischen Gunnar und Bertram ließ mir irgendwie keine Ruhe.

Als wir uns dem Dorfplatz näherten, meldete sich meine Blase.

»Ich muss mal eben wohin«, sagte ich zu Holger.

Kurz überlegte ich, ob ich zu Bertrams Haus gehen sollte, doch dann entschied ich, mir den Weg zu sparen und mir einen abgelegenen Baum zu suchen.

Als ich fertig war, lief ich zum Dorf zurück, ging an dem steinernen Heinrich vorbei und näherte mich der Kapelle. Die Fenster waren geöffnet. Gerade als ich eintreten wollte, hörte ich die Stimme der Lehrerin.

»Und denkt daran, sie dürfen keinen Verdacht schöpfen ...«

Ich blieb stehen und presste mich gegen die Wand. Was hatte das zu bedeuten? Die Lehrerin fuhr fort. »Ihr müsst sie ...«

»Ben! Da bist du ja!« Holgers Stimme schallte über den Dorfplatz. Er und die anderen waren eben aus der Tür zu Gunnars Haus getreten und kamen auf mich zu. Sofort verstummte die Lehrerin.

»Ich hab dir ein Stück Hefezopf mitgebracht«, sagte Holger, als er mich erreicht hatte. »Hat Elsa gebacken. Schmeckt super!«

Ich nahm das Gebäck und biss ein Stück ab. Holger hatte recht gehabt, es schmeckte großartig. Doch ich hätte lieber gehört, was die Lehrerin den Schülern noch so mitzuteilen gehabt hatte.

»Ihr müsst die Gäste sein!« Ich drehte mich um. Die Lehrerin stand in der Tür. Sie war klein, hatte schwarzes schulterlanges Haar und trug eine Brille.

»Kommt doch herein!«, sagte sie. »Ich bin schon ganz neugierig darauf, euch kennenzulernen.«

Wir betraten die Kapelle, wo die Schüler an altmodischen Pulten hockten. Sie drehten sich zu uns um und lächelten uns an. Diesmal jedoch verfehlte ihre Ausstrahlung bei mir ihre Wirkung. Was hatte die Lehrerin gemeint? Hatte sie von uns gesprochen? Aber warum sollten wir keinen Verdacht schöpfen?

»Ben?«

Ich sah mich um. Andrea saß an einem Pult in der

Nähe eines Fensters und bot mir den Platz neben sich an. Ich setzte mich zu ihr und ließ meinen Blick durch das Zimmer schweifen. Dass die Schule in einer Kapelle untergebracht war, konnte man sich durch den Platzmangel im Dorf erklären. In kleinen Orten gab es oft nur ein Gebäude, das Kirche, Schule, Gemeindehaus und Eventsaal auf einmal war. Komisch nur, dass diese Kapelle anscheinend gar nicht mehr für Gottesdienste genutzt wurde. Sämtliche Wandmalereien waren verhangen, und an der Wand hinter dem Altar zeichnete sich der Umriss eines großen Kruzifixes ab, das entfernt worden war.

»Im Namen des Dorfes wollen wir euch herzlich willkommen heißen«, sagte die Lehrerin. »Ich heiße Mara.«

Wir stellten uns reihum vor. Gerade als Paula ihren Namen genannt hatte, erschien Gunnar in der Tür.

»Mara, hättest du einen Moment Zeit für mich?«, fragte er.

»Aber sicher«, antwortete sie und wandte sich dann an die Schüler: »Am besten verbringt ihr den Rest der Stunde damit, euch leise zu unterhalten und unseren Gästen den Ort vorzustellen.« Dann ging Mara mit Gunnar nach draußen.

Andrea fragte mich, wie ich den Vormittag verbracht hatte, und ich erzählte ihr vom Besuch in der Glashütte. Als ich den Kelch beschrieb und die Geschichte des Blutopfers erzählte, verdüsterte sich ihr Blick. Kurz darauf hatte sie sich wieder gefangen und lächelte. »Ja, das ist eine wirklich alte Legende. Niemand nimmt das mehr ernst.«

»Was fällt dir ein?!« Amélie schrie so laut sie konnte. Alle drehten sich zu ihr um. Mit einem Blick, der Stahl hätte schmelzen können, schaute sie Stefan an.

»W…was meinst du?«, stammelte er.

»Glaubst du, ich habe keine Augen im Kopf? Meinst du, mir fällt nicht auf, dass du wie ein Gockel rumflirtest?«

Stefan schluckte. Seine Situation war aussichtslos. Drei Mädchen hatten sich um sein Pult geschart und hatten ihm, bis zu Amélies Ausbruch, schöne Augen gemacht.

»Ich … ich unterhalte mich doch nur«, erwiderte er kleinlaut.

Anstatt zu antworten, deutete Amélie nur ein Kopfschütteln an, schlug die Hände vors Gesicht und verschwand nach draußen. Stefan wollte gerade aufstehen und ihr nachrennen, als eines der Mädchen die Hand auf seine legte.

»Die kriegt sich schon wieder ein«, sagte sie beschwichtigend und strahlte ihn an. »Du hast uns gerade von deiner Spanienreise erzählt …?«

Im selben Moment erhob sich einer der Jungs aus dem Dorf und folgte Amélie nach draußen. Ich blickte zu Holger, der die ganze Sache nicht mitbekommen hatte. Auch bei ihm standen drei Mädchen, die regelrecht an seinen Lippen hingen.

Etwas später läutete die Glocke und wir verließen das Schulhaus. Ich entdeckte Amélie, die im Schatten der Statue saß. Der Junge, der ihr gefolgt war, hatte sich neben sie gekniet und redete ihr offenbar gut zu. Doch sie verscheuchte ihn mit ein paar scharfen Worten, die ich nicht verstehen konnte. Unsere Blicke trafen sich. Zuerst wollte ich einfach weiterlaufen, doch dann entschied ich mich anders.

»Alles okay mit dir?«, fragte ich Amélie, als ich sie erreicht hatte. Ich sah, dass sie geweint hatte. »Stefan kann schon ein ganz schöner Idiot sein«, sagte ich.

»Sie spielen mit euch«, antwortete sie.

Ich stutzte. »Wie meinst du das? Wer?«

»Na diese Dorfpüppchen! Merkst du das denn nicht? Ich hätte dich für klüger gehalten, Ben. Sie spielen euch was vor. Die lieben ›Kinder‹! Sie tun so, als würden sie sich für euch interessieren, aber das ist alles nur Fake. Jedenfalls umsorgen sie euch nicht, weil ihr so tolle Jungs seid.«

Ich dachte nach. »Und was wollen sie deiner Meinung nach dann von uns?«

»Keine Ahnung«, sagte Amélie. »Aber ich kann mir nicht vorstellen, dass es etwas Gutes ist.«

Amélie weigerte sich, mir ihre kryptischen Bemerkungen näher zu erklären. Also beschloss ich schließlich, sie mit ihren Gedanken allein zu lassen, und stand auf.

Es war wärmer geworden. Die Sonne schien auf den Dorfplatz herab und der Wind hatte nachgelassen. War das ein gutes Zeichen? Vielleicht hatte der Nebel sich aufgelöst.

Ich ging in Richtung des Pfades, auf dem wir gestern das Dorf erreicht hatten, um nachzusehen. Dabei kam ich an einem Haus vorbei, neben dessen Eingangstür eine Bank stand. Ein alter buckliger Mann saß darauf und lächelte mir freundlich zu. Seine Hände waren auf einen Gehstock gestützt.

Ich grüßte zurück und blickte dann in die Ferne, doch sofort gab ich die Hoffnung auf einen schnellen Abstieg auf. Der Nebel hing immer noch wie Watte in den Bäumen des kleinen Waldes.

Ein Krächzen ließ mich herumfahren. Der Greis hatte etwas gesagt. Ich ging auf ihn zu. Gleichzeitig sah ich, wie Gunnar und Johannes von der anderen Seite des Dorfplatzes auf uns zuhielten.

»Was meinten Sie?«, fragte ich den Alten freundlich.

Er hustete einige Male und sah mich dann grinsend an. Ihm fehlten mehrere Zähne und sein linkes Auge schielte.

Er räusperte sich. »Das Blut …«, begann er. »Das Blut wird wie Sommerregen fließen!«

Hatte ich mich verhört?

»Wie bitte?«, fragte ich.

»Albert!«, rief Gunnar, der uns fast erreicht hatte. »Lass doch bitte den jungen Mann in Ruhe!«

»Ich glaube, er wollte mir etwas sagen«, teilte ich ihnen mit, doch Gunnar und Johannes ignorierten mich.

Sie packten den Alten unsanft bei den Ellbogen und bugsierten ihn ins Haus. Als sie wieder heraustraten, legte mir Gunnar die Hand auf die Schulter, ohne auf meine fragenden Blicke einzugehen.

»Leider sieht es so aus, als könntet ihr heute den Abstieg noch nicht wagen. Wir lassen es eure Lehrer wissen. Als Entschädigung würden euch Johannes und seine liebe Elsa heute Abend gern zum Essen einladen.«

Johannes nickte mir freundlich zu. »Natürlich kannst du gerne noch jemanden mitbringen. Wenn ich mich nicht irre, scheinst du dich ganz gut mit Bertrams Tochter zu verstehen. Es würde mich freuen, wenn du und Andrea heute Abend mit uns speisen würdet.«

»Gern. Ich werde sie fragen«, antwortete ich.

Woher wusste er, dass ich mich mit Andrea »gut verstand«? Wahrscheinlich war es offensichtlich. Bertram hatte sicher sofort bemerkt, dass mir Andrea gefiel. Und in so kleinen Dörfern sprach sich so was schnell herum.

Als ich zur Statue zurückkam, war Amélie verschwunden. Stattdessen wartete Andrea auf mich.

»Wir haben etwas Zeit, bis der Nachmittagsunterricht anfängt. Ich möchte dir etwas zeigen«, empfing sie mich.

»Klar, warum nicht«, sagte ich und folgte ihr.

Wir gingen in Richtung des Flusses.

»Wo soll es denn hingehen?«, fragte ich.

»Wirst schon sehen. Wir gehen zu meinem Lieblingsplatz im Dorf.«

Sie lächelte mich an, und in dieser Sekunde war es mir egal, wo sie mich hinbrachte. Wir folgten dem Fluss und kamen zu der Mühle, die den Strom für das Dorf erzeugte. Andrea blickte sich verstohlen um und öffnete die Tür. Dann nahm sie meine Hand und zog mich hinein.

»Ein bisschen laut, um sich zu unterhalten«, rief ich.

Der Krach war ohrenbetäubend. Das Mühlrad war über eine dicke Achse mit einem Generator verbunden, der wie eine Lokomotive bei Volldampf klang. Es ratterte und klapperte so laut, dass ich mir die Ohren zuhalten musste.

Andrea schüttelte lächelnd den Kopf und zeigte nach oben. Eine Holztreppe führte auf eine Galerie, von der aus man zur oberen Seite des Generators gelangte. Sie stieg die Treppe hinauf und ich ging hinterher. Oben angekommen kletterte sie eine Leiter empor, die zu einer Luke im Dach der Mühle führte. Ich folgte ihr.

Als ich durch die Öffnung stieg, wusste ich, warum dies ihr Lieblingsplatz war. Der Ausblick war traumhaft. Unter uns plätscherte der Fluss und das sich drehende Mühlrad ließ einen angenehm kühlen Nieselregen auf uns niedergehen. Die Sonnenstrahlen erwärmten die schwarzen Ziegel, auf die wir uns setzten. Wir lehnten uns mit dem Rücken gegen die Holzbalken, die zu dem höheren Teil des Daches gehörten, und genossen die Aussicht. Der Lärm des Generators drang nur noch als leises Rattern durch das Dach.

»Wow, das ist toll hier oben!« Ich staunte.

»Ja«, antwortete Andrea. »Hier bin ich oft, wenn ich … nachdenken muss.«

Sie verstummte, und ich wusste nicht, was ich sagen sollte. Wollte sie in Ruhe gelassen werden? Aber dann hätte sie mich ja wohl kaum mitgenommen.

»Hör mal, es tut mir leid wegen gestern«, begann ich schließlich.

Andrea blickte mich verständnislos an. »Was meinst du?«, fragte sie.

So recht wusste ich das auch nicht.

»Na ja, ich glaube, ich habe da was Falsches gesagt. Also, als ich dich schon fast eingeladen habe, mich zu besuchen. Ich wollte nicht vorschnell irgend–«

»Ich verstehe nicht«, unterbrach mich Andrea. »Was sollte daran falsch sein?«

Jetzt war ich völlig irritiert. »Aber du hast so komisch reagiert. Du warst so … in dich gekehrt.«

Andrea lächelte und legte ihre Hand auf meine. »Nein.

Das hat nichts mit dir zu tun. Ich fand das echt nett von dir. Ehrlich.«

Ich blickte sie an. Der Dunst des Flusswassers hatte sich in kleinen Tropfen auf ihrem Haar niedergelassen, und es glitzerte in der Sonne, als wäre es mit Diamanten bedeckt. Ich konnte nicht anders, als es zu berühren. Ich hob meine Hand und strich ihr eine Strähne aus dem Gesicht. Dann beugte ich mich zu ihr. Meine Lippen waren ihren ganz nah. Doch im letzten Moment drehte sie sich weg.

»Es … es tut mir leid … Ich kann nicht«, stammelte sie. Plötzlich stand sie auf und ging zu der Luke zurück.

»Andrea, was ist los?«, fragte ich und stand ebenfalls auf. »Warum hast du letzte Nacht in deinem Zimmer geweint?«

Sie blickte mich an.

»Ich wollte nicht lauschen, das war Zufall«, fügte ich schnell hinzu. »Es ist nur … Ich mag dich.«

Ich sah, wie sich ihre Augen mit Tränen füllten.

»Wenn du wüsstest, wer ich wirklich bin, würdest du mich so sehr hassen, wie ich es verdient habe.«

Damit klappte sie hastig die Luke auf und verschwand im Inneren der Mühle. Mit einem dumpfen Knall fiel die Klappe hinter ihr zu. Ein Rotkehlchen, das von dem Krach aufgeschreckt worden war, flatterte hoch und landete einige Meter neben mir auf dem Dach. Es legte sein Köpfchen schief und blickte mich an.

»Das war's, ich geb's auf mit den Frauen«, sagte ich zu

dem kleinen Piepmatz. »Ich such mir ein weniger kompliziertes Hobby. Quantenphysik zum Beispiel.«

Der Vogel ließ ein *Tschiep-Tschiep* hören und schwang sich in die Luft. Ich blickte ihm nach. Er flog über den Fluss und segelte über dem Weg, der über eine Schneise im Berg zum Glashüttenturm führte.

Und auf diesem Weg liefen Gunnar und Amélie.

Wo wollten die beiden hin?

# 10

Ich ging zur Luke und öffnete sie. Ich musste nicht besonders leise sein, denn der Krach der Mühle übertönte sowieso alles. Ich kletterte nach unten, ging die Treppe hinunter und verließ das Mühlhaus.

In der Ferne sah ich, wie Gunnar und Amélie hinter einer Biegung verschwanden. Ich rannte über den Steg und folgte dem Pfad. Als ich die Schneise im Berg durchquert hatte, tauchte der Glashüttenturm vor mir auf. Diesmal drang aus der Öffnung an der Spitze kein Rauch. Es wurde folglich dort heute nicht mehr gearbeitet.

Was wollte Gunnar dann dort mit Amélie? Als die beiden im Inneren des Turms verschwunden waren, lief ich näher heran. Ich stellte mich auf eine Kiste, die neben der Außenwand stand, und lugte durch eines der Fenster. Ich konnte zwar nicht hören, was sie sprachen, doch Amélie sah betrübt aus, wahrscheinlich immer noch wegen Stefan.

Gunnar wies sie offensichtlich an, sich auf einen Stuhl zu setzen und auf ihn zu warten. Dann schloss er eine Tür am hinteren Ende des Raums auf und verschwand darin. Als er kurz darauf wieder herauskam, trug er etwas in der Hand. Erst als er es vor Amélie ausbreitete, konnte ich sehen, was es war: ein langes weißes Kleid.

Amélie schien es zu gefallen, denn sie nahm es ihm ab und hielt es sich an den Körper. Gunnar deutete an, dass sie sich herumdrehen solle, was Amélie auch tat. Dann huschte Amélie auf einen Wink in das Zimmer, in dem vorhin auch Gunnar gewesen war, und schloss die Tür. Als sie wenig später wieder auftauchte, trug sie das Kleid und es passte wie angegossen.

Plötzlich drehte sich Gunnar in meine Richtung.

Schnell duckte ich mich. Hatte er mich gesehen? Ich versuchte, so leise wie möglich zu atmen, und lauschte gebannt. Ich hörte Schritte, die sich näherten. Hatte er mich gesehen?

Ich wollte mich schon davonschleichen, als die Schritte sich zu meiner unendlichen Erleichterung wieder entfernten. Ungeduldig wartete ich einige Sekunden, dann hob ich den Kopf. Mit einem Auge linste ich durch das Fenster. Es bestand keine Gefahr mehr. Gunnar war wieder bei Amélie und ins Gespräch vertieft.

Er war nicht auf mich zugeeilt, um nach Spionen Ausschau zu halten, sondern hatte den Kelch geholt, den Xaver und Senta für das Frühlingsfest hergestellt hatten. Amélie hielt ihn in der Hand und hob ihn hoch.

Was sollte das Ganze? Hatte Gunnar ihr das Kleid geschenkt, um sie aufzumuntern? Aber was hatte der Kelch damit zu tun?

Amélie gab Gunnar den Kelch zurück und verschwand wieder im Büro – vermutlich, um sich umzuziehen.

Plötzlich kam ich mir ein bisschen lächerlich vor. Warum schlich ich mich hier an und beobachtete andere

Leute wie ein Aushilfs-James-Bond? So komisch die Sache auch wirkte, gab es sicher eine Erklärung – ich würde Amélie später einfach fragen. Allerdings würde es ziemlich peinlich werden, wenn mich hier jemand so erwischte. Schnell huschte ich davon und kehrte zur Schule zurück.

Als die Nacht hereingebrochen war, machte ich mich mit Andrea auf den Weg zum Haus von Elsa und Johannes, das neben der Kapelle lag. Auf dem Dorfplatz trafen wir Stefan.

»Wo ist denn Amélie?«, fragte ich, als ich sah, dass er alleine war.

»Sie fühlt sich nicht wohl«, antwortete er knapp.

Ich dachte an ihre Worte vom Nachmittag und konnte mir schon denken, warum sie sich nicht wohlfühlte. Nach dem Ausbruch in der Schule war sie sicher nicht gut auf Stefan zu sprechen.

Wenig später klopften wir bei Elsa und Johannes an die Tür und Elsa ließ uns herein. Wie schon bei unserer Ankunft musterte sie uns argwöhnisch.

»Da hinein«, sagte sie knapp mit einem Kopfnicken in Richtung Esszimmertür.

Wir betraten die Stube und stellten fest, dass Paula und Holger schon da waren. Paula saß neben einem blonden Jungen, mit dem sie sich schon den ganzen Nachmittag lang unterhalten hatte, und Holger hatte zwischen zwei Mädchen Platz genommen.

Neben Johannes waren zwei Stühle frei, auf die Andrea und ich uns nun setzten.

»Manuela!«, rief Stefan, als er das Mädchen erblickte, das am anderen Ende der Tafel hockte.

»Ich habe dir den Platz neben mir frei gehalten«, antwortete sie lächelnd.

Elsa brachte das Essen herein. Trotz ihres grimmigen Gemüts erwies sie sich als hervorragende Köchin. Der Braten war butterweich und die Soße göttlich. Als wir alle pappsatt waren, beschloss ich, Johannes auf den Vorfall mit dem alten Mann anzusprechen.

»Ich bin mir ganz sicher. Er sagte: ›Das Blut wird wie Sommerregen fließen.‹«

»Wie du vielleicht bemerkt hast, ist Albert nicht mehr der Jüngste«, sagte Johannes. »Er brabbelt ständig wirres Zeug und ist auch nicht ganz zurechnungsfähig. Deshalb haben wir ihn dann ins Haus gebracht – er brauchte ein Nickerchen.«

Ich zuckte mit den Schultern und beließ es dabei. Mir fiel jedoch Elsas Reaktion auf. Alle Farbe wich aus ihrem Gesicht, und sie sah aus, als würde ihr das Essen wieder hochkommen.

»Würdest du mich kurz entschuldigen?«, sagte Andrea neben mir.

Ich blickte sie an. Ihre Augen waren rot, als würde sie gleich anfangen zu heulen. Bevor ich etwas antworten konnte, war sie bereits aufgestanden und aus dem Zimmer gelaufen. Ich sah zu Holger hinüber, aber der runzelte nur die Stirn.

Elsa servierte den Nachtisch, doch ich ließ ihn stehen. Der Apfelstrudel sah zwar verführerisch aus, allerdings machte ich mir Sorgen wegen Andrea. Ich stand schließlich auf, entschuldigte mich und ging hinaus, um nach ihr zu sehen. Auf dem Dorfplatz war sie nicht, also beschloss ich, eine Runde um das Haus zu drehen. Aber auch auf der Rückseite war keine Spur von ihr. Als ich zur Vordertür zurückging, kam ich am Küchenfenster vorbei.

»Das muss aufhören!«

Es war Elsas Stimme. Sie klang flehend.

»Ich kann das nicht mehr mit ansehen. Diese Kinder haben doch niemandem etwas getan.«

»Elsa«, antwortete Johannes. »Du musst stark sein. Nur noch …«

Mehr konnte ich nicht verstehen, denn in diesem Moment hatte Johannes das Fenster geschlossen. Wen hatte Elsa mit »diese Kinder« gemeint? Die Jugendlichen aus dem Dorf? Oder uns?

Ich erreichte die Vordertür, gerade als diese sich öffnete. Heraus kam Holger.

»Na, hast du einen netten Abend?«, fragte ich.

Er zuckte zusammen und fuhr herum.

»Ach, du bist es! Ich weiß gar nicht mehr, wo mir der Kopf steht. Iris und Tina sehen zwar toll aus, aber sie reden pausenlos auf mich ein. Ich kann gar keinen klaren Gedanken mehr fassen.«

Ich konnte mir ein Lachen nicht verkneifen. »Ganz schön anstrengend, so ein Leben als Frauenheld!«

Wir beschlossen, uns ein wenig die Beine zu vertreten.

»Wo ist deine Freundin abgeblieben?«, fragte Holger.

»Keine Ahnung. Ich hab sie gesucht, aber ich kann sie nicht finden. Wahrscheinlich ist sie nach Hause gegangen.«

»Und, was hältst du von ihr?«, fragte Holger.

»Sie ist ... sie ist toll«, begann ich. »Aber ich werde nicht schlau aus ihr. Ich habe das Gefühl, dass ich immer das Falsche sage. Entweder das oder etwas bedrückt sie, womit sie nicht rausrückt.«

Wir waren vor der Statue des alten Heinrich angekommen. Holger hob die Arme und tat so, als würde er ihn anflehen. »Oh, großer Heinrich! Hilf uns, die Frauen zu verstehen!«

Ich lachte. Die Statue blickte unbeirrt grimmig in die Nacht.

»Komisches Kaff«, sagte Holger.

»Irgendwie cool und irgendwie unheimlich«, fügte ich hinzu.

»Ja, zum Beispiel dieser Glashüttenturm. Und die alten Häuser. Wie aus einem Märchen. Und erst diese Geschichte mit dem Blutopfer.«

Mir kam eine Idee. »Ich würde mir zu gerne mal diesen Dolmen ansehen, von dem Gunnar erzählt hat!«, sagte ich.

»Genialer Plan!«, antwortete Holger.

»Andrea kann uns morgen hinführen. Dann hast du auch mal Pause von deinen Mädchen!«, schlug ich vor und grinste Holger an.

Wir gingen zurück ins Haus, verabschiedeten uns von

Elsa und Johannes und bedankten uns für das Essen. Ich lief zu Bertrams Haus zurück, während auch Holger seinen Heimweg antrat.

Bevor ich in mein Zimmer hinaufstieg, lauschte ich noch einmal an Andreas Tür. Nichts war zu hören. Ich kletterte nach oben und legte mich ins Bett. Der Braten war zwar vorzüglich gewesen, doch ich hatte wohl ein bisschen zu viel davon gegessen, denn er lag mir schwer im Magen. Ich versuchte, die Augen zu schließen und an nichts zu denken, doch in meinem Bauch rumorte es so sehr, dass ich nicht einschlafen konnte. Zu allem Überfluss schien der Mond auch noch direkt in mein Fenster, sodass es beinahe taghell war.

Es waren mindestens zwei Stunden vergangen, als ich von draußen ein Geräusch hörte. Es war ein Poltern, das vom Dorfkern herüberhallte. Ich setzte mich auf und sah durchs Fenster. Der Krach kam von dem Haus, vor dem am Mittag der seltsame alte Mann gesessen hatte. Die Tür war aufgeschlagen worden, und ich erkannte zwei Männer, die eine dritte Gestalt stützten. Es bestand kein Zweifel. Es waren Gunnar und Johannes. Albert hatte seine Arme um ihre Schultern geschlungen und zu dritt stolperten sie auf das nahe Wäldchen zu.

Bald hatte der Nebel sie verschluckt.

# 12

»Ich wollte mir mit Holger zusammen den Dolmen ansehen. Würdest du uns hinführen?«

Andrea verschluckte sich fast an ihrer Milch. Sie setzte die Tasse ab und sah mich an. Doch sie hatte sich schnell wieder im Griff. »Klar ... Das mache ich gerne.«

Ich sah, wie ihre Augen für den Bruchteil einer Sekunde zu ihrem Vater hinüberzuckten.

»Heute Morgen hatte der Nebel sich immer noch nicht gelichtet«, sagte Bertram. »Länger als einen Tag kann es aber nicht mehr dauern.«

»Dann kann ich ja die Zeit nutzen, um ▆▆▆▆ noch ein bisschen zu erkunden«, antwortete ich. Bertram nickte bedächtig.

Ein wenig später lief ich mit Andrea zum Dorfplatz.

»Ich muss noch mal kurz weg«, sagte sie plötzlich. »Warte hier auf mich.«

Bevor ich etwas erwidern konnte, war sie schon gegangen. Sie überquerte den Platz und lief zum Haus des Arztes. Ich wartete so lange im Schatten der Statue. Mein Blick wanderte zu Alberts Haus. Wohin hatten Gunnar und Johannes den Alten nur gebracht?

In diesem Moment öffnete sich die Tür und ein junger Mann trat heraus. Er war nicht älter als dreißig, doch er war dem Alten wie aus dem Gesicht geschnitten. Es musste sich wohl um seinen Sohn handeln. Ich ging auf ihn zu.

»Guten Tag, mein Name ist Ben«, sagte ich. »Wie geht es Ihrem Vater?«

Zuerst blickte er mich fragend an, dann schien er zu begreifen und schüttelte meine Hand. »Danke. Meinem Vater geht es wieder etwas besser. Er liegt jetzt im Bett und erholt sich. Gestern ging es ihm nicht so gut, musst du wissen.«

»Gestern hat er mich angesprochen ...«, begann ich. Doch der Mann unterbrach mich sofort.

»Er hat hohes Fieber, und da neigt er manchmal dazu, wirres Zeug zu faseln.«

Ich nickte, obwohl ich mich wunderte, dass Johannes davon nichts erwähnt hatte. Der hatte mir ja erzählt, dass Albert einfach nur senil war. »Verstehe. Wie war noch gleich Ihr Name?«

»A...Anton«, antwortete er zögerlich.

»Wünschen Sie Ihrem Vater gute Besserung, Anton«, sagte ich und ging zur Statue zurück.

Wieder so ein merkwürdiger Typ. Und wieder nur ausweichende Antworten. Warum wurde ich das Gefühl nicht los, dass die Leute in diesem Dorf ein Spiel mit uns spielten?

Ich sah, wie Andrea aus dem Haus des Arztes trat. Gleichzeitig kam Holger von der gegenüberliegenden Seite über den Dorfplatz geschlendert. Kurz darauf hatten sie mich erreicht.

»Puh, das war ganz schön anstrengend, Tina und Iris loszuwerden. Ich habe ihnen erzählt, dass wir einen Männerausflug machen«, berichtete Holger und grinste.

»Dann lasst uns keine Zeit verlieren«, antwortete ich. »Wo geht es lang, Andrea?«

»Einfach mir nach«, sagte sie und lief auf den Wald zu. Genau in diese Richtung waren gestern auch Gunnar, Johannes und Albert verschwunden. Oder hatte ich das geträumt?

Wir liefen einen Pfad entlang, der nach Osten abbog und genau in der Nebelwand verschwand.

»Haltet euch an den Weg, dann verlauft ihr euch nicht«, ermahnte uns Andrea.

Wie Blinde schlichen wir hinter ihr her. Immer wieder ragten schwarze Äste aus dem Nebel, die uns wie warnende Hände den Weg versperrten. Wieder spürte ich den öligen Film auf meiner Haut, und ich hatte das Gefühl, dass mir jemand Watte in die Ohren gestopft hatte. Und noch etwas spürte ich. Ich war mir ganz sicher, dass jemand uns beobachtete. Einmal zuckte ich zusammen, weil ich glaubte, eine Gestalt zwischen den Bäumen zu sehen, doch der Nebel ließ sie hinter einer weißen Wand verschwinden.

»Wie weit ist es noch?«, fragte Holger, der hinter mir ging.

»Wir sind fast da«, sagte Andrea.

Ein paar Meter weiter wurde der Dunst etwas dünner. Wir traten auf eine Lichtung. Hier war die Luft klar, als hätte jemand eine Glaskuppel über die freie Fläche gestülpt, die den Nebel zurückhielt. Der Boden der Lichtung war mit hübschen blauen Blüten übersät. Vor uns lag deutlich sichtbar unser Ziel. Eine Steinplatte ruhte auf drei kleineren Felsen, die aus dem Boden ragten. Die Platte war von ovaler Form und etwa drei mal drei Meter groß. Außerdem war sie mit Flechten überzogen, die kreuz und quer wucherten.

»Das ist der Dolmen«, flüsterte Andrea ehrfürchtig.

Ich näherte mich dem Steintisch. Was ich von Weitem für einen Teppich aus Flechten gehalten hatte, stellte sich bei näherer Betrachtung als eine Vielzahl von Runen heraus, die präzise in den Stein gehauen worden waren. Wie Efeu rankten sie sich über die Oberfläche. In der Mitte der Platte befand sich ein kreisförmiges Loch.

»Ben, komm mal hierher!«, rief Holger von der anderen Seite der Platte.

Ich umrundete den Dolmen und beugte mich zu ihm.

»Siehst du diese braunen Stellen? Das muss das getrocknete Blut sein, das die Dorfbewohner bei dem Ritual auf den Stein gerieben haben«, meinte Holger aufgeregt.

»Ihr seht Gespenster!«, warf Andrea ein. »Der Regen hätte es doch längst weggewaschen.«

»Da hast du recht«, sagte ich. »Und was ist da hinten? Führt der Weg da weiter?«

»Da kommt gleich ein Abgrund«, sagte Andrea hastig. »Kommt, es ist Zeit, umzukehren.«

Sie drehte sich um und wollte zurück zum Pfad, doch

ich hielt sie zurück. »Ich würde gerne nur noch ein paar Schritte weitergehen. Vielleicht lichtet sich der Nebel dahinten schon. Wenn es hier klar ist, dann löst sich die Wolke vielleicht langsam auf, was meinst du?«

Ich lief mit Holger kurz entschlossen um den Dolmen herum zur anderen Seite der Lichtung. Andrea machte einige Schritte auf uns zu und hielt dann inne, als wäre sie gegen eine Wand gestoßen.

»Glaubt mir, dahinten ist nichts! Wenn die Wolke sich auflöst, dann von Süden her. Wir müssen jetzt umkehren«, drängte sie.

Ein flehender Ton schwang in ihrer Stimme mit, als würden wir in echter Gefahr schweben, wenn wir weitergingen. Holger und ich blickten uns schulterzuckend an. Verstehe einer dieses Mädchen! Na schön, würden wir ihr also den Gefallen tun und den Rückweg antreten.

Ich wollte gerade zurückgehen, als ich mit dem Fuß an einer Wurzel hängen blieb, die neben dem Dolmen aus dem Boden spross. Die Schnürsenkel meines rechten Schuhs lösten sich.

»Mist!«, rief ich und bückte mich, um sie zuzubinden. Als ich mich wieder aufrichtete, hatte die Nebelwand hinter der Lichtung Holger und Andrea bereits verschluckt. Aber in welche Richtung waren sie gegangen? Plötzlich war ich mir nicht mehr ganz sicher. In dem wabernden Dunst hatte ich das Gefühl, vollkommen die Orientierung zu verlieren.

Ich ging um den Dolmen herum und suchte im Nebel

den Pfad, der von der Lichtung wegführte. Ich war mir fast sicher, die Stelle gefunden zu haben, als ich auf der anderen Seite des Dolmens jemanden entdeckte. Zwei Schatten zeichneten sich in der milchigen Wolke ein Stück weiter hinten im Wald ab. Merkwürdig. Waren wir nicht aus der anderen Richtung gekommen?

»Holger?«, rief ich und ging um den Steintisch herum auf die beiden zu. Die Schemen antworteten nicht. Sollte ich bei dem Dolmen bleiben oder auch in den Nebel wandern?

»Holger? Andrea?«

Keine Antwort.

Ich machte einen weiteren Schritt auf die Schemen zu und dann geschah es. Einer der Schatten streckte seine Arme aus und packte nach dem anderen. Ein spitzer Schrei ertönte, der gleich darauf abgewürgt wurde. Ich zuckte zusammen. Einige Augenblicke war ich wie gelähmt. Dann rannte ich brüllend los.

Der Angreifer machte kehrt, als er mich bemerkte, ergriff die Flucht und war bald darauf im weißen Nichts verschwunden. Ich hielt auf die Stelle zu, an der die zweite Gestalt zusammengesackt war.

»Hallo?«, rief ich zaghaft. »Sind ... sind Sie verletzt?«

Jetzt tauchte die Person vor mir auf. Sie krümmte sich am Boden und wimmerte leise. Ich berührte sie leicht an der Schulter.

»Können Sie aufstehen?«

Langsam hob sie den Kopf.

Und jetzt war ich es, der schrie.

Die Frau blickte mich an. Ihre Haut war grau und von tiefen Falten zerfurcht. Ihr Haar war schneeweiß, die Augen gelb, mit roten Äderchen durchzogen und ihr fehlten mehrere Zähne. Ich stolperte zurück und die alte Frau stand auf. Sie hob ihre rechte Hand und streckte die knochigen Finger nach mir aus.

»Mm...mmmm...« Ein kratzendes Stöhnen drang aus ihren zusammengepressten Lippen.

Ich ging langsam rückwärts. Die alte Frau folgte mir. Und jetzt bemerkte ich etwas, was mir einen kalten Schauer über den Nacken jagte: Die Greisin alterte vor meinen Augen immer weiter. Ihre Haut wurde fahler und fahler, ihr Haar spross wie überkochende Milch aus ihrem Kopf und ihre Zähne fielen nacheinander aus.

»Mmm... Mohhh...« Sie versuchte, ein Wort zu formen, doch ihr Unterkiefer hatte sich ausgerenkt und hing schief an ihrem Schädel. Jetzt griff sie mit der linken Hand an ihren Gürtel. Ich wollte mich umdrehen und davonrennen, doch ein Ast stoppte meine Flucht. Ich knallte mit voller Wucht mit der Stirn dagegen. Für den Bruchteil einer Sekunde tanzten Sterne vor meinen Augen. Der Stamm des dazugehörigen Baumes war dicker und größer als die Stämme der anderen Bäume.

Mein rechter Fuß versank schmatzend in einer Schlammpfütze, die sich zwischen den Wurzeln gebildet hatte. Ich drehte mich um. Mein Herz schlug schneller, als ich sah, was die Alte herauszog. Es war ein langer schwarzer Dolch.

»Mohhhh... Moroi«, zischte sie.

Ich hob schützend meine Arme, doch es drohte keine Gefahr mehr. Mit einem widerlichen Krachen brach das rechte Bein der Frau unter ihr weg. Ihre Augäpfel schrumpelten zu zwei vertrockneten gelblichen Rosinen zusammen und sie kollabierte.

Einige Sekunden lang konnte ich mich vor Grauen nicht bewegen. Das Blut rauschte in meinen Ohren. Als mein Blick schließlich auf den Waldboden fiel, entdeckte ich den Dolch, den die alte Frau fallen gelassen hatte. Ich bückte mich und hob ihn auf. Die Klinge war auf beiden Seiten mit Runen verziert, die denen auf dem Steintisch sehr ähnlich sahen. Ich strich mit der Fingerspitze über die Kante und zog sie sofort wieder zurück. Der Dolch war scharf wie ein Rasiermesser.

Dann sah ich die Leiche an, die vor mir im Laub lag. Mein Magen zog sich vor Übelkeit zusammen. Aus dem Bündel von Haut und Knochen ragte eine Hand heraus, die in einem unmöglichen Winkel abgeknickt war. Daneben lag der Unterkiefer der Leiche, der nur noch mit einem Fetzen pergamentartiger Haut und einigen Sehnen an ihrem Schädel hing.

Ich drehte mich angewidert um und lief mit schnellen Schritten in die Richtung, in der ich den Dolmen vermutete. Doch mir wurde bald klar, dass ich mich verlaufen hatte. Ich musste an der Lichtung vorbeigerannt sein, denn das Einzige, was aus dem Nebel auftauchte, waren immer mehr vertrocknete Bäume.

Panisch wechselte ich die Richtung und lief weiter. Mir fiel Andreas Warnung ein, dass es hier ganz in der Nähe einen steilen Abgrund gab.

Nach einer Weile blieb ich stehen. Ich war schon zu lange gerannt – sicher hatte ich den Dolmen wieder verpasst. Ich überlegte, wie ich mich am besten orientieren könnte. Da wurde mir klar, dass der Angreifer ja immer noch hier irgendwo sein konnte. Vielleicht wartete er nur auf eine gute Gelegenheit, mich auch aus dem Weg zu räumen. Mein Atem kam stoßweise. Vielleicht würde ich auch so enden wie …

Eine Hand griff nach meinem Nacken.

Ich fuhr herum und riss reflexartig den Dolch in die Höhe.

»Bist du wahnsinnig?«, rief Holger.

Ich hatte seinen erhobenen Arm nur um Millimeter verfehlt.

»Holger, bin ich froh, dich zu sehen!«, stieß ich aus.

»Wo hast du denn gesteckt, Ben?«, fragte er. »Und wo hast du das Messer her?«

»Es war … Ich wurde … Da hinten …« Ich hatte Mühe, meine Gedanken zu ordnen.

»Jetzt mal ganz in Ruhe«, sagte Holger. »Lass uns zuerst aus diesem Nebel verschwinden.«

Er führte mich zur Lichtung zurück, wo Andrea auf

uns wartete. In kurzen Sätzen erzählte ich, was passiert war.

»Die Frau ist vor deinen Augen gealtert?«, fragte Holger skeptisch. Nach dem Schrecken ging mir sein misstrauischer Ton auf die Nerven.

»Wenn ich es dir doch sage! Ich konnte zusehen, wie ihr die Zähne rausgefallen sind!« Ich blickte Hilfe suchend zu Andrea, doch sie sah mich mit einem fast mitleidigen Blick an.

»Hier rennt ein Mörder rum!«, rief ich. »Wir müssen Hilfe holen!«

Holger blickte sich nervös um. Überzeugt schien er noch immer nicht, aber geheuer kam ihm die Situation wohl auch nicht vor. »Okay. Es ist besser, wenn wir im Dorf Bescheid sagen.«

»Dein Vater wird uns sicher helfen«, sagte ich zu Andrea. Sie nickte nur.

Wir folgten dem Pfad aus dem Wald hinaus. Ich atmete erleichtert aus, als wir die milchige Wolke hinter uns gelassen hatten. Wir rannten durch das Dorf und erreichten kurz darauf Bertrams Haus. Ich riss stürmisch die Tür auf und lief hinein. Bertram war gerade dabei, seine Wanderschuhe mit Wachs einzureiben.

»Wir sind im Wald angegriffen worden!«, platzte es aus mir heraus.

Ich wiederholte die Geschichte. Bertram sah mich ernst an und kratzte sich dann am Kinn. Dabei fiel mir auf, dass er das Amulett mit der blutenden Hand nicht mehr trug.

»Ich glaube, es ist am besten, wenn ich mir das mal an–«

Weiter kam er nicht, denn er wurde von Gunnars Stimme unterbrochen. Er war gerade eingetreten, die Haustür stand noch offen, trotzdem musste er das Wichtigste mit angehört haben. »Das ist ja eine abenteuerliche Geschichte, die du da erzählst«, sagte er.

Ich fuhr herum. Was war mit Gunnar geschehen? Er sah bleich und krank aus, als hätte er mehrere Nächte nicht geschlafen.

»Das ist keine Geschichte. Das ist mir wirklich passiert«, entgegnete ich trotzig.

»Na schön, wenn du dir so sicher bist, dann zeig uns doch die Stelle, wo es passiert ist. Wenn es wahr ist, was du sagst, müssten wir die Leiche dieser Geisterfrau ja noch dort antreffen.«

Gunnar blickte zu Bertram und wandte sich dann an ihn. »Aber du solltest hierbleiben«, sagte er. »Ich kümmere mich schon darum.«

Ich sah, wie Gunnar ganz leicht die Brusttasche seiner Jacke berührte. Bertram nickte.

»So, dann wollen wir mal los«, sagte Gunnar. »Andrea, ich glaube, es ist besser, wenn du auch hierbleibst. Es ist zwar unwahrscheinlich, aber vielleicht besteht ja wirklich Gefahr.«

Sie warf mir einen besorgten Blick zu, als ich mit Holger und Gunnar das Haus verließ. Wir führten Gunnar durch das Dorf zu dem Pfad, der schon bald im Nebel verschwand.

Nach einer Weile fiel mir auf, dass Gunnar immer wieder haltmachte, um zu Atem zu kommen.

»Alles in Ordnung?«, fragte ich, als er sich keuchend an einen Baum lehnte.

»Mach dir keine Sorgen«, sagte Gunnar. »Ich habe nur sehr schlecht geschlafen.«

Das glaube ich sofort!, dachte ich. Was immer Gunnar und Johannes mit dem alten Albert in der Nacht angestellt hatten, es hatte sicher Kraft und Schlaf gekostet.

»Es muss in der Nähe von dem Dolmen gewesen sein«, sagte ich, als wir uns der Lichtung näherten. »Ich bin im Nebel gegen einen großen Baum gestoßen. Darunter befand sich eine Schlammpfütze.«

Wir liefen an dem Steintisch vorbei und suchten den Wald in der näheren Umgebung ab.

»Ben, meintest du diesen Baum?«, fragte Holger nach einer Weile.

Ich drehte mich zu ihm um und erkannte die Stelle sofort wieder. Mein Fußabdruck hatte sich deutlich im Matsch unter dem Baum abgezeichnet.

»Hier war es!«, rief ich und blickte mich um. Ich ging in die Knie und suchte den Waldboden ab, doch zwischen den braunen Blättern und Tannennadeln war nicht die geringste Spur von der Leiche zu sehen.

»Bist du sicher, dass das die richtige Stelle ist?«, fragte Holger.

»Ja! Hier lag sie!«, sagte ich und schob mit den Händen das Laub zur Seite. Doch außer einigen Käfern und Regenwürmern förderte ich nichts zutage.

»Da hat dir der Nebel wahrscheinlich einen Streich gespielt«, sagte Gunnar amüsiert.

Ich stand auf.

»Sie war hier!«, rief ich. »Ich habe mir das nicht eingebildet. Wo hätte ich sonst den Dolch her?«

Ich zog ihn aus meiner Tasche und hielt ihn Gunnar hin.

»Zeig mal her!«, sagte dieser und nahm ihn mir aus der Hand. »Das ist doch kein Dolch, das ist mein altes Jagdmesser. Ich suche es schon seit Tagen.«

Ich war mir sicher, dass er log. Und diesmal würde ich nicht so einfach nachgeben!

»Und was ist mit den Runen …?«, begann ich, doch Gunnar fiel mir ins Wort.

»Mein Großvater hat es selber gemacht. Die Runen sind die gleichen wie auf dem Dolmen. Er hat es mir vor Jahren zum Frühlingsfest geschenkt. Danke, dass du es gefunden hast!«

Damit verschwand der Dolch in seiner Jackentasche.

»Aber …«, wollte ich einwenden, ließ es dann aber, als ich bemerkte, dass auch Holger mich anstarrte, als hätte ich nicht mehr alle Tassen im Schrank.

»So und jetzt gehen wir zurück ins Dorf, bevor wir uns in dieser Suppe noch verlaufen«, meinte Gunnar dann.

Jetzt platzte mir der Kragen. Ich stellte mich ihm in den Weg. »Nein! Ich weiß doch, was ich gesehen habe! Hier war eine alte Frau. Die habe ich deutlich gesehen – nicht nur einen Schatten im Nebel!«

Gunnar hielt seinen Zorn nur mühsam im Zaum. Er

packte mich unsanft an der Schulter und sah mir tief in die Augen. »Du siehst ganz blass aus, mein Junge. Hör zu, ich möchte dir ja gerne glauben, nur musst du schon selbst zugeben, dass das eine ziemlich haarsträubende Geschichte ist ... Holger?«

»Ja?«

»Kannst du diese alte Frau beschreiben, die Ben gesehen haben will?«

Holger blickte von Gunnar zu mir und dann wieder zurück. »Äh ... also... ich habe sie nicht gesehen ...«

Ich warf meinem Freund einen bösen Blick zu, doch er zuckte nur entschuldigend mit den Schultern.

»So, so«, fuhr Gunnar fort. »Ben, du wirkst verstört. Ich glaube, es ist das Beste, wenn Johannes sich deiner annimmt. Vielleicht fehlt dir etwas. Mit wie viel Wucht bist du denn gegen diesen Baum gerannt?«

»Was? Aber ...!« Ich wollte mich verteidigen, doch Gunnar ließ keine Widerrede zu. Er schob mich sanft, aber bestimmt auf den Pfad zurück und schlug den Weg ins Dorf ein.

Ich hatte mir das doch nicht nur eingebildet! Oder?

Wir überquerten den Dorfplatz. Gunnar begleitete uns zum Haus des Arztes und klopfte an. Ich hörte schlurfende Schritte, die sich näherten, dann öffnete sich die Tür und Johannes' Gesicht erschien in dem Spalt.

»Wer ... wer ist da?«, fragte er. Seine Stimme klang schwach, und er wirkte abwesend, als hätten wir ihn aus dem Schlaf gerissen. Doch dann sah ich seinen Blick, und mir wurde klar, dass er nicht bloß müde war. Seine Augen waren glasig und rot. Nervös blickte er uns an.

»Ach, ihr seid es. Tretet ein!«

Er zog die Tür auf und wir liefen an ihm vorbei in sein Wohnzimmer.

»Am besten legst du dich auf das Sofa«, schlug Gunnar an mich gerichtet vor. Dann wandte er sich etwas leiser an den Arzt. »Johannes, dem Jungen geht es nicht gut. Er hat sich den Kopf an einem Baum gestoßen – und das wohl ziemlich heftig. Vielleicht siehst du ihn dir mal an.«

Ich legte mich auf die altmodische Couch und Holger setzte sich in einen Sessel auf der anderen Seite. Kurz verschwand Johannes im Nebenzimmer, bevor er mit seiner Arzttasche zurückkam. Im Türrahmen fing Gunnar ihn noch einmal ab und flüsterte ihm etwas zu.

Na klasse! Wahrscheinlich erzählte er ihm gerade, dass bei mir eine Schraube locker war oder so.

»Dann wollen wir mal sehen«, sagte Johannes, als er sich schließlich zu mir herunterbeugte.

Ich sah, wie seine Hände zitterten, als er meinen Puls fühlte und mir mit einer kleinen Lampe in die Augen leuchtete.

»Gunnar sagte mir, dass du etwas gesehen haben willst.«

Ich nickte.

»Du musst dir keine Sorgen machen«, fuhr er fort. »In diesen Höhen ist die Luft dünner als unten im Tal. Wenn man diese sauerstoffarme Atmosphäre nicht gewöhnt ist, kann es sein, dass man Dinge sieht, die es gar nicht gibt. Noch dazu, wenn man sich den Kopf anstößt.«

Ich versuchte, mich aufzurichten, doch Johannes drückte mich sanft ins Kissen zurück.

»Aber ich war mir ganz sicher …«, begann ich.

Der Arzt legte seine Hand auf meine Stirn. »Weißt du, das Gehirn ist ein ungeheuer kompliziertes Gebilde. Es muss jede Sekunde Tausende von Sinneseindrücken verarbeiten. Und da es durch die Evolution darauf getrimmt ist, überall auf Gefahren gefasst zu sein, ist es durchaus möglich, dass aus einem Schatten auf einmal ein Monster wird.«

Ich blickte von Johannes zu Holger. Hätte er die Frau nicht bemerken müssen? Schließlich war er doch ganz in der Nähe gewesen. Ich berührte die Beule an meiner Stirn. Auf einmal war ich selbst nicht mehr sicher, was ich gesehen hatte. Hatte mein Gehirn aus zwei Schatten ein Geisterwesen gemacht? Nein, es war alles zu echt gewesen. Ich hatte es mir nicht eingebildet. Oder doch?

»Du kümmerst dich um den Jungen?«, fragte Gunnar an Johannes gewandt. Der Arzt nickte und Gunnar verließ das Haus.

»Ich glaube, du solltest erst einmal einen Bissen zu dir nehmen«, sagte Johannes und ging in den Flur hinaus.

»Danke für deine Hilfe, Holger«, sagte ich sarkastisch, als Johannes die Tür hinter sich geschlossen hatte. »Du bist echt ein toller Freund.«

»Was sollte ich denn sagen?«, fragte er aufgebracht. »Ich habe deine Zombiefrau nicht gesehen.«

»Merkst du nicht, dass hier was faul ist? Ich traue diesem Gunnar nicht, und der Arzt tut doch nur, was Gunnar ihm sagt. Jetzt wollen sie mich als Psycho hinstellen!«

»Ach komm schon – wozu sollte das denn gut sein? Ich meine, d– Pssst, er kommt zurück«, zischte Holger.

Die Tür öffnete sich und Johannes kam herein. Er trug ein Tablett, auf dem eine Schale mit Suppe und ein Glas Apfelsaft standen.

»Das wird dich auf andere Gedanken bringen«, sagte er.

Er stellte das Tablett auf dem Couchtisch ab. Ich begann, die Suppe zu löffeln, doch nach dem ersten Schluck verzog ich den Mund. Sie war vollkommen versalzen. Mein Vater sagte immer: »Die Köchin ist verliebt«, wenn meine Mutter zu großzügig mit dem Salz würzte.

»Ich glaube, Elsa ist verliebt«, sagte ich an Johannes gewandt und lächelte schief. Zu meiner Verwunderung zuckte er bei der Erwähnung ihres Namens regelrecht zusammen.

»E...Elsa ist nicht hier«, antwortete er.

»Ach. Wo ist sie denn?«, fragte ich.

»Oh, sie ist bei … Sie sieht nach Albert. Ihm ist immer noch nicht wohl«, erklärte der Arzt. Dabei machte er eine fahrige Bewegung und stieß ungeschickt das Glas auf dem Tablett um. Der Apfelsaft ergoss sich über den Tisch und tropfte auf den Teppich.

»Oh, wie dumm von mir«, sagte der Arzt. »Ich bringe dir ein neues.«

Als er sich umdrehte und zur Tür zurückging, hielt er sich die Hand vor den Mund, als müsste er etwas hinunterschlucken.

»Der Typ ist doch nicht ganz normal«, flüsterte ich und nickte in Richtung der Tür, durch die Johannes verschwunden war. »Hier im Dorf ist nichts normal. Dieser komische Nebel, das Verhalten der Dorfbewohner …«

Holger biss sich auf die Lippen. »Vielleicht hast du recht. Vielleicht hast du dir aber auch wirklich nur den Kopf gestoßen – ich meine, überleg doch mal! Zombies? Ist das dein Ernst, Alter?«

»Ja, das ist mein Ernst!«, rief ich. »Ich habe es GE-SE-HEN! Diese Frau hat sich vor meinen Augen in einen Haufen aus Haut und Knochen verwandelt. Das war keine Einbildung und es lag auch nicht an einem Schlag auf den Kopf!«

»Jetzt reg dich doch nicht so auf«, sagte Holger beschwichtigend.

»Willst *du* mich jetzt auch ruhigstellen?«, fragte ich. »Steckst du mit denen unter einer Decke? Wenn mir mein bester Freund nämlich so was erzählt, dann glaube ich ihm und zweifele nicht an seinem Verstand!«

Holger stand auf. »Jetzt bin ich also nicht nur nicht mehr dein bester Freund, sondern auch noch ein Verräter, der mit dem Zombiedorf unter einer Decke steckt! Du musst ja ziemlich hart gegen den Baum gerannt sein, dass das bisschen Hirn, was du noch besitzt, auf so einen Schwachsinn kommt. Vielleicht ist es echt besser, wenn du dich erst mal hinlegst.«

Damit ging er aus dem Zimmer und knallte die Tür hinter sich zu.

»Holger?«, rief ich ihm hinterher. Aber er war schon verschwunden. Ich musste die böse Bemerkung, die mir auf der Zunge lag, herunterschlucken. Kurz darauf betrat Johannes den Raum. Er trug ein frisches Glas Apfelsaft in der Hand, das er auf dem Tisch absetzte.

»Ist dein Freund schon gegangen?«, fragte er.

Ich nickte wortlos. Johannes ließ mich allein und ich streckte mich auf dem Sofa aus. Ich versuchte zu schlafen, doch es klappte nicht. Immer wieder sah ich die alte Frau vor mir, die in Sekunden gealtert war.

Etwa eine Stunde später öffnete sich die Tür. Ich dachte, es sei Johannes, der nach mir sehen wollte, doch es war Holger.

»Also, erstens …«, begann er. »Du bist immer noch

ein Idiot. Zweitens: Ich glaube immer noch nicht an Zombies. Und drittens: äh ... siehe erstens.«

Ich sah ihn skeptisch an. »Und?«

»Na ja, ich kenne dich zu gut. Selbst wenn man dir mit einem Baseballschläger auf den Schädel haut, was du manchmal verdient hättest, würdest du nicht ohne Grund so einen Stuss erzählen.«

Ich war erleichtert. »Du glaubst mir also?«, fragte ich.

»Ich glaube nicht, dass du eine Zombiefrau gesehen hast. Aber ich glaube dir, dass du *irgendwas* gesehen hast. Und wir sollten rausfinden, was das war.«

»Dann gehen wir noch mal zurück und suchen nach der Leiche. Irgendjemand muss sie aus dem Weg geschafft haben. Wenn wir sie finden, haben wir wenigstens einen Beweis.«

Holger nickte zaghaft. »Ich glaube langsam, dass mir die sauerstoffarme Luft hier oben auch Probleme macht.«

Kurz entschlossen stand ich auf. »Lass uns sofort aufbrechen. Bevor Johannes zurückkommt!« Holger warf mir einen besorgten Blick zu. »Keine Sorge, meinem Kopf geht's gut – jetzt glaub's mir endlich!«

Als wir in den Flur traten, kam Johannes gerade aus der Küche.

»Mir geht es schon viel besser!«, sagte ich. »Vielen Dank für deine Hilfe! Ich muss mir das echt alles eingebildet haben.«

Johannes nickte zufrieden. »Ja, so muss es gewesen sein.«

»Wir gehen uns ein bisschen die Beine vertreten«, fuhr ich fort. »Die frische Luft wird mir guttun.«

Mein Blick fiel auf die Garderobe neben der Eingangstür. Ein aufgewickeltes Kletterseil hing dort an einem Haken.

»Können wir uns das hier ausborgen?«, fragte ich.

»Wozu?«, wollte Johannes wissen.

»Ähh …«, begann ich und suchte krampfhaft nach einer Antwort. Glücklicherweise sprang Holger ein.

»Wir wollen noch mal die Knoten durchgehen, die Bertram uns gezeigt hat. Für den Abstieg.«

Johannes nickte. »Nehmt es euch.«

»Danke!«, sagte ich.

Gemeinsam verließen Holger und ich das Haus.

»Erinnerst du dich noch an den Film mit dem alten Alien-Raumschiff, das in den Bergen abstürzt?«, fragte Holger, als wir die Häuser des Dorfes hinter uns ließen.

»Was für ein Alien-Raumschiff?«, fragte ich verdutzt.

»Wir waren ungefähr acht Jahre alt und du hast bei mir übernachtet.«

Ich klatschte mir mit der flachen Hand gegen die Stirn. Leider hatte ich schon wieder vergessen, dass dort mittlerweile eine stattliche Beule gewachsen war.

»Aua«, sagte ich und verzog das Gesicht. »Klar. Wir haben uns ins Wohnzimmer geschlichen, nachdem deine Eltern eingeschlafen waren. Den Titel werde ich nie vergessen: *Das Höllen-UFO vom Teufelsberg.*«

Holger nickte. »Die ahnungslosen Wissenschaftler sind in das UFO eingedrungen«, fuhr er fort. »Und im Laderaum haben sie diese Särge gefunden. Weißt du noch?«

»Klar! Als sie sie geöffnet haben, haben wir uns beide die Hände vor die Augen gehalten. Wir haben nur diesen schrecklichen Sound-Effect gehört. Igitt – ich weiß es noch wie heute. Da war dieses matschige Geräusch und dann der langgezogene Schrei des Wissenschaftlers. Das war so gruselig! Ich konnte nächtelang nicht schlafen.«

Die Erinnerung daran ließ mich schmunzeln.

»Aber wie kommst du jetzt darauf?«, fragte ich.

»Der Film lief vor Kurzem wieder im Fernsehen«, antwortete Holger.

»Echt? Den hätte ich zu gerne gesehen.«

»Du wärst enttäuscht gewesen. Er war total billig und die Spezialeffekte hätten wir bei mir im Keller besser hinbekommen. Das Interessante war aber, dass ich bei der Szene mit dem Sarg immer noch ein mulmiges Gefühl hatte. Ich habe mich dabei erwischt, wie ich fast die Hände vor die Augen gehalten hätte.«

»Angsthase«, sagte ich.

»Das meine ich ja. Ich hatte immer noch Angst, weil ich mich an die gruselige Stimmung von damals erinnert habe, als wir noch Kinder waren. Und … Na ja, vielleicht ist das mit dir und den Monstern im Nebel genau dasselbe.«

Jetzt kam ich nicht mehr mit. »Wie meinst du das?«

»Na, überleg doch, was alles passiert ist. Paulas Absturz, das merkwürdige Dorf, der Dolmen, Gunnars Geschichte vom Blutopfer und nicht zuletzt diese Nebelwand. Das Drumherum ist so gruselig, dass du dir vielleicht wirklich nur eingebildet hast, eine Zombiefrau zu sehen. Wäre doch möglich, oder?«

»Und was, meinst du, habe ich in Wirklichkeit gesehen?«, fragte ich.

»Wer weiß. Vielleicht war die Frau einfach nur sehr alt. Oder es wollte dir jemand was vorspielen.«

»Du meinst, mit Make-up und so?«

Holger zuckte mit den Schultern. »Ist eine plausible Erklärung.«

»Und warum sollte jemand so etwas tun?«, fragte ich.

»Keine Ahnung«, antwortete Holger.

Wir gingen eine Weile schweigend nebeneinander her.

»Und, was war in dem Sarg?«, fragte ich schließlich.

Holger war mit seinen Gedanken ganz woanders, und so dauerte es einen Augenblick, bis er begriff, dass ich von dem Film sprach.

»Ach so. In dem UFO. Ein absolut lächerliches Gummi-Alien. Es hatte große schwarze Augen und grüne Haut. Ich habe mich halb totgelacht, als es dem Wissenschaftler in den Hals gebissen hat.«

Ich nahm mir vor, den Film bei nächster Gelegenheit im Internet zu suchen.

Wir hatten den Waldrand erreicht.

»Wozu hast du eigentlich das Seil mitgenommen?«, fragte Holger, als wir auf dem Weg durch den Nebel schlichen.

»Wir können es an einem Baum am Rand der Lichtung festbinden«, sagte ich. »Dann finden wir garantiert den Weg zurück und laufen auch nicht Gefahr, in diesen Abgrund zu stürzen.«

»Hey, super Idee!« Holger strahlte.

Als wir den Dolmen erreicht hatten, band ich das Seil an einen Ast. Zusammen liefen wir in die weiße Brühe hinein. Es dauerte einige Minuten, bis wir den großen Baum gefunden hatten, an dem ich die alte Frau gesehen hatte. Endlich standen wir jedoch davor.

»Am besten suchen wir kreisförmig die Gegend ab«, beschloss ich. »Ich bin mir sicher, dass die Leiche nicht weit von hier sein kann.«

»Oder was auch immer du gesehen hast«, antwortete Holger.

»Irgendetwas habe ich auf jeden Fall gesehen. Und es muss eine Spur hinterlassen haben!«

Die Augen auf den Boden geheftet, schritten wir langsam durch die Schwaden und suchten den Waldboden ab.

»Schau mal, da!«, rief Holger. »Sieht aus, als hätte jemand etwas durch die Blätter geschleift.«

Er hatte recht. Eine breite Furche war zwischen den Bäumen zu sehen. Wir folgten ihr, bis sie plötzlich abbrach.

»Mann, ich glaub's nicht. Alter, vielleicht hast du echt was gesehen!« Holger riss die Augen auf.

»Wie oft soll ich das denn noch sagen?!«, fuhr ich ihn halb genervt, halb im Spaß an. Ich konnte mir ein Lächeln nicht verkneifen, als ich Holgers baffe Miene sah – die Genugtuung war einfach zu groß. Und ein bisschen war ich auch erleichtert – immerhin konnte ich nun wirklich, wirklich sicher sein, keinen Dachschaden zu haben. Außerdem war es ein gutes Gefühl, meinen besten Freund endlich wieder auf meiner Seite zu haben.

»Was jetzt?«, fragte Holger.

»Vielleicht hat jemand die Leiche hier hochgehoben und huckepack genommen oder so. Lass uns die Umgebung checken.«

Einige Meter weiter fand ich eine einzelne Fußspur. Ich blieb stehen und sah sie mir genauer an. »Der Schuh ist sehr tief in die Erde eingesunken. Kann sein, dass hier jemand etwas getragen hat«, stellte ich fest.

Der letzte Rest des Seils rann mir durch die Finger. Ratlos blickte ich Holger an.

»Bleib du hier bei dem Seil«, schlug er vor. »Ich sehe mich ein wenig um und versuche, die Stelle hier halbwegs im Auge zu behalten. Falls ich mich trotzdem verlaufe, rufe ich.«

Ich sah zu, wie der Nebel ihn verschluckte.

Sekunden wurden zu Minuten. Wenn ich Holger nicht mehr sehen konnte, hatte er mich doch sicher auch schon lange nicht mehr »im Auge«.

»Hier ist noch eine Fußspur!«, rief Holger endlich und hörte sich an, als wäre er gar nicht weit weg. »Ich glaube, sie führt – ahhhhhh!«

»Holger!«

Es klang, als wäre er abgerutscht. Ich hörte, wie Geröll auf Felsen schlug.

»Holger? Ist dir was passiert?« Panik stieg in mir hoch. Ich rannte los … und blieb abrupt stehen.

Vor mir klaffte ein Abgrund.

»Holger?«, rief ich erneut.

»Au!«, kam die Antwort von irgendwo unter mir.

»Bist du … in Ordnung?«, fragte ich nervös.

Ich legte mich auf den Bauch und robbte zum Rand des Felsens.

»Ich glaube, ich bin okay«, rief Holger. »Das gibt einen schönen blauen Fleck, aber sonst ist noch alles dran.«

Jetzt erkannte ich durch den Dunst seinen Umriss. Er war etwa drei Meter unter mir auf einem Felsvorsprung aufgekommen.

»Aaaah!«

Holgers Schmerzensschrei ging mir durch Mark und Bein. »Was ist?«

»Ich habe gerade versucht, mich hinzustellen. Das fand mein rechtes Bein nicht so toll.«

»Kannst du hochklettern, wenn ich dir das Seil zuwerfe?«, fragte ich.

»Versuchen kann ich es ja mal.«

»Okay. Warte hier, ich binde es los und bring es her.«

»Bleibt mir ja auch nichts anderes übrig«, antwortete Holger spöttisch.

Zum Glück hatte ich diesmal keine Schwierigkeiten, das Seilende aufzuspüren. Ich ließ es als eine Art Wegweiser am Boden liegen, lief daran bis zu der Lichtung zurück und machte es von dem großen Baum los. Dann folgte ich dem Seil zu der Klippe zurück. Über den Rückweg machte ich mir erst mal keine Gedanken – irgendwie würden wir schon wieder heimfinden. Jetzt zählte nur, Holger zu helfen. Ich band das Tau an eine kräftige Fichte nahe dem Abgrund und ließ es dann zu Holger hinunter.

»Ich hab's«, kam seine Stimme von unten. Kurz darauf folgte ein weiterer Schmerzensschrei. »Mist, verdammter!«, brüllte Holger. »Das tut echt weh. Ich glaube, mein Knöchel ist verstaucht.«

Kurz überlegte ich, was zu tun war, dann fasste ich einen Entschluss. »Ich komme runter und helfe dir!«

Ich prüfte den Knoten, schlang das Seil um mich und stellte mich an den Rand des Steilhangs. Dann bewegte ich mich abwärts, indem ich mit den Füßen an der Felswand entlanghüpfte.

»Spiderman kommt, um mich zu retten«, witzelte Holger, als ich über ihm auftauchte.

»Ich bin immer zur Stelle, wenn eine Dame in Gefahr ist!«, gab ich grinsend zurück.

Holger lachte.

Als ich noch etwa einen Meter weit von ihm entfernt war, hörte ich ein Knacksen – im nächsten Moment gab das Seil nach und ich stürzte an Holger vorbei weiter in die nebelverhangene Tiefe.

»Aaaaaaaaah!«

»Ben!«, gellte Holgers erschreckter Schrei über mir durch den Nebel, während die Luft wie ein Sturmwind an mir vorbeirauschte.

Jetzt ist es aus!, schoss es mir durch den Kopf, doch nur einen Augenblick später prallte ich unsanft auf dem Rücken auf. Das Seil hielt ich immer noch fest umklammert. Der Ast, an den ich das andere Ende gebunden hatte, kam krachend neben mir auf.

Ich hatte damit gerechnet, mir alle Knochen zu brechen, doch ich war weit weniger tief gestürzt und die Landung war viel sanfter ausgefallen, als ich erwartet hatte. Etwas Weiches hatte meinen Sturz abgefangen.

Ich rappelte mich hoch, ging sicher, dass wirklich nichts gebrochen oder verletzt war und streckte mich schließlich. Dann drehte ich mich um.

Und brüllte erneut auf.

»Ben! Was ist los? Hast du dich verletzt?«, rief Holger.

»Ich ... ich hab die Leiche gefunden«, stammelte ich.

Das weiche Bündel, das meinen Aufprall gebremst hatte, war nichts anderes als die sterblichen Überreste der alten Frau gewesen. Das Fleisch hatte schon angefangen zu verwesen. Widerlich, doch die weiche verrottete Masse hatte mich wahrscheinlich vor einem gebrochenen Rückgrat bewahrt.

Die Luft war vom Summen zahlloser Fliegen erfüllt, die ich aufgescheucht hatte. Und jetzt nahm ich auch den Geruch wahr – ein süßlich-fauliger Gestank. Er klebte geradezu in meiner Nase und ließ mich würgen.

Ich kämpfte mit der Übelkeit, konnte mich aber nicht beherrschen und übergab mich an der Felswand. Mit dem Handrücken wischte ich mir wenig später den Mund ab und sah mich um. Ich war in einer wahren Grube des Grauens gelandet! Ich befand mich auf einer Art Plateau, das sich unterhalb des Vorsprungs erstreckte, auf dem Holger festsaß.

»Ben, was ist da unten los?«, fragte Holger.

»Es ist alles voll …«, nuschelte ich. »Es … es sind Dutzende … Dutzende von Leichen.«

Ich zitterte am ganzen Körper und bekam kaum noch Luft. Der Boden war übersät mit Kadavern. Knochen, Schädel und ganze Skelette moderten hier unten vor sich hin. Manche trugen noch Fetzen von Kleidung, andere waren blitzblank, als hätte der Regen sie mit den Jahren weiß gewaschen.

Einige Leichen jedoch waren noch nicht so weit verwest. Das waren die schlimmsten. Ich konnte halbe Gesichter erkennen, bei denen nur die Augen fehlten – wahrscheinlich von Vögeln ausgepickt. Etwas weiter weg lagen abgetrennte Arme und Beine, deren Haut einen kranken Grünton angenommen hatte. Manche der

Leichen waren noch in voller Montur. Sie trugen Rucksäcke und Wanderschuhe und sahen aus, als wären sie beim Klettern abgestürzt.

»Jetzt weiß ich, wo die ganzen Bergsteiger abgeblieben sind, die am ▬▬▬▬▬berg verschwunden sind«, murmelte ich.

Der Gestank und der Anblick waren zu viel für mich. Es würgte mich erneut und ich geriet in Panik. Aus den Augenwinkeln nahm ich eine Bewegung wahr. Ich schreckte zurück. Hatte sich eine der Leichen bewegt?

Ich war plötzlich überzeugt davon, dass die Kadaver jeden Moment aufspringen und mich angreifen würden! Ich blickte mich hektisch um. Da! Wieder eine Bewegung! Einer der Knochenarme hob und senkte sich langsam. Mir stockte das Herz.

»Holger ... ich glaube ... die sind nicht so tot, wie ich dachte ...«

Ich hatte geflüstert und Holger konnte mich gar nicht gehört haben. Eigentlich hatte ich mit mir selbst gesprochen. Plötzlich zuckte die Hand hoch und ...

... ein Rabe flog auf. Aus seinem Schnabel hing ein Fetzen verwestes Fleisch.

Erleichtert atmete ich auf. Der Knochenhaufen bewegte sich nicht mehr. Ich packte mit fahrigen Händen das Seil, wickelte es eilig auf und schlang es mir quer über die Brust. Dann lief ich zur Felswand und wollte so schnell wie möglich zu Holger aufsteigen.

Ich setzte meinen Fuß hastig auf einen Steinklumpen und rutschte auf meinem eigenen Erbrochenen aus, das dort gelandet war. Zu blöd von mir! Unsanft landete ich erneut auf der verwesenden Leiche und stöhnte laut hörbar auf.

»Ben? Alles klar?« Panik war in Holgers Stimme gekrochen.

»Äh … alles okay«, rief ich zu ihm hoch.

Ich stand auf, schloss die Augen und atmete flach ein und aus. Als ich mich einigermaßen gesammelt hatte, versuchte ich es erneut, und zwar einige Meter weiter links. Hier war die Felswand mit Rissen durchzogen und ich fand auch ohne Seil gut Halt. Diesmal klappte der Aufstieg und kurz darauf hatte ich Holger erreicht. Am ganzen Leib schlotternd, setzte ich mich einen Moment hin und atmete tief durch, um mich von dem Schrecken zu erholen.

»Du bist ja kreidebleich«, sagte Holger, als er mein Gesicht sah.

Ich schluckte. »Alles … alles voller Leichen«, brachte ich mühsam heraus.

Holger blickte mich besorgt an. »Bist du okay?«

Erst schüttelte ich den Kopf. Dann nickte ich langsam. »Geht schon wieder. Ich muss nur kurz … Es ist echt krass. Dagegen ist *Das Höllen-Ufo vom Teufelsberg* ein Disney-Film.«

»War die Frau, die du im Wald gesehen hast, auch dabei?«, fragte Holger.

»Ja, was von ihr übrig war. Für einen Moment dachte ich, die Leichen stehen alle wieder auf und greifen mich an.«

»Und?«

»Was und?«

»Sind sie wieder aufgestanden?«

Ich sah Holger verständnislos an. »Nein!«

»Na also«, sagte Holger beruhigend. »Das ist doch eine gute Nachricht. Selbst auf diesem Horrorberg bleiben die Toten tot.«

Ich musste lächeln. »Wie geht es deinem Knöchel?«, fragte ich.

»Nicht so toll«, antwortete Holger. »Ich kann auftreten, aber ihn nicht großartig belasten.«

»Meinst du, du schaffst es, raufzuklettern?«, fragte ich.

»Lass es uns versuchen.«

Ich machte mich an den Aufstieg. Oben angekommen band ich das Seil an einem stabileren Baum fest.

»Versuch es jetzt mal«, rief ich Holger zu.

Da ich das Seil sicherte, konnte ich nicht sehen, was Holger da unten anstellte. Ich spürte nur, wie es sich anspannte, und dann hörte ich Holger fluchen.

»Ich kann den Fuß einfach nicht belasten. Und mit den Armen alleine kann ich mich nicht raufziehen«, rief er.

Ich dachte nach. Plötzlich kam mir eine Idee. »Steig noch mal nach unten«, schlug ich vor. Als das Seil die Spannung verlor, band ich mir das Ende, das ich um den Baum geknotet hatte, um die Hüfte. Dann schlang ich das Seil um den Baum und ließ das andere Ende zu Holger herab.

»Pass auf, wir machen es so«, erklärte ich. »Du hältst

dich einfach nur fest, und ich benutze meinen Körper als Gegengewicht, um dich nach oben zu ziehen.«

»Okay«, schallte Holgers Stimme zu mir.

Ich ging zu dem Abgrund und begann im selben Moment, in dem Holger seinen Aufstieg begann, hinabzuklettern. Das Seil spannte sich durch Holgers Gewicht und schnitt mir in die Hüfte. Es tat weh, aber es schien zu klappen.

Holger stieß zwar einige Schmerzenslaute aus, wenn sein Fuß gegen den Felsen stieß, doch er arbeitete sich Zentimeter für Zentimeter nach oben. In der Mitte trafen wir uns.

»Alles klar, Alter?«, fragte ich.

»Ich komme mir vor wie ein Elefant, der an einem Hubschrauber hängt«, erwiderte er.

»Bind das Seil oben fest, wenn du angekommen bist, damit ich raufklettern kann.«

»Geht klar!«

Wir setzten unseren Weg fort, er nach oben und ich nach unten. Schließlich hatte ich wieder Boden unter den Füßen.

»Ich bin oben!«, rief Holger zu mir hinab. »Oh, Mist!«

»Was ist los?«, fragte ich.

»Das Seil ist an dem Baumstamm total durchgescheuert. Ich weiß nicht, ob es dich noch hält.«

»Wir müssen es versuchen!«, sagte ich. »Hast du es festgeknotet?«

»Ja, komm hoch.«

Ich griff nach einer Ritze im Felsen und zog mich aufwärts. Mittlerweile kannte ich die Wand ganz gut und so fand ich schnell Halt. Durch meine guten Fortschritte wurde ich etwas übermütig. Ich packte mit Schwung nach einem kleinen Vorsprung und prompt brach er unter meiner Hand weg. Ich rutschte ab und für einen Moment hielt das Seil mein gesamtes Gewicht.

»Pass auf!«, rief Holger, doch ich spürte es selbst. Ein Ruck ging durch das Seil und es riss. Ich konnte mich gerade noch mit meiner anderen Hand in einer Ritze festklammern. Der Gedanke, wieder in dem Leichenhaufen zu landen, ließ mich umso fester zupacken.

Da das Seil jetzt nutzlos war, musste ich ohne Sicherung den Rest der Wand bezwingen. Ich schloss die Augen, atmete tief durch, konzentrierte mich und sammelte meine Kräfte. Dann tastete ich mit meiner freien Hand nach dem nächsten Vorsprung. Mehrmals musste ich innehalten, um meine zitternden Finger unter Kontrolle zu bekommen, doch schließlich erreichte ich die obere Kante der Klippe und Holger zog mich zu sich hinauf.

Völlig erschöpft ließen wir beide uns zu Boden sinken.

»Ich weiß nicht, wie es dir geht«, sagte ich. »Aber ich habe jetzt wirklich die Schnauze voll von diesem Nebel und überhaupt allem!«

»Absolut«, stimmte Holger mir zu.

Wir kämpften uns schließlich auf die Beine und suchten die Schleifspur, der wir von dem Dolmen aus gefolgt waren, was zum Glück nicht so schwierig war, wie ich befürchtet hatte. Der Nebel war zwar immer noch undurchdringlich, doch diesmal schien das Glück auf unserer Seite.

Holger humpelte stark und stützte sich auf meiner Schulter ab. Trotzdem dauerte es nicht allzu lange, bis wir den Steintisch erreicht hatten.

Die Sonne zeichnete sich als blasser gelblicher Ball durch den Nebel ab. Sie hatte ihren Zenit gerade überschritten und fing an, langsam zu sinken.

»Wir müssen uns beeilen, wenn wir nicht noch im Dunkeln hier rumlaufen wollen«, sagte ich.

»Es geht schon wieder besser mit meinem Bein«, antwortete Holger tapfer und legte einen Zahn zu. Ich sah ihm an, dass er nach wie vor Schmerzen hatte, aber er biss die Zähne zusammen.

Wir folgten nun dem Weg, und als wir den Waldrand erreichten, begann der Nebel, sich endlich zu lichten.

»Mir knurrt der Magen, Ben«, nörgelte Holger. Unsanft presste ich ihm meine Hand auf den Mund.

»Leise!«, flüsterte ich.

Ich hatte etwas entdeckt. Ein paar Meter weiter standen zwei Gestalten zwischen den Bäumen. Mit einem Handzeichen bedeutete ich Holger, sich zu ducken. Leise und vorsichtig schlichen wir vorwärts. Hinter einem großen Felsbrocken stand eine Tanne. Zwischen ihr und dem Stein gingen wir in Deckung und lugten um die Ecke.

»Das ist Gunnar«, wisperte Holger.

»Stimmt. Aber wer ist der andere?«

Falsch – *die* andere. Es war eindeutig eine Frau, doch

ihr Gesicht wurde von Gunnar verdeckt. Als er sich vorbeugte und seine Hände um ihren Arm legte, erkannten wir sie. Es war Mara, die Lehrerin. Sie lehnte mit dem Rücken an einer Tanne und hatte die Augen verdreht, als sei sie in Trance.

»Was macht er da?«, fragte Holger.

In diesem Moment schob Gunnar den Ärmel ihrer Jacke zurück und legte ihr Handgelenk frei.

»Er wird doch nicht …?« Weiter kam ich nicht.

Ich konnte nicht genau sehen, was Gunnar aus seiner Tasche zog, doch er machte sich damit an Maras Handgelenk zu schaffen. Dann entblößte er seine Zähne und grub sie in Maras Unterarm. Ein ekelhaftes Schmatzen drang zu uns herüber, und wir beobachteten, wie Maras Blut an ihrem Arm und Gunnars Lippen herablief. Es klang, als würde er eine Wassermelone essen.

Holger machte einen unwillkürlichen Schritt zurück und trat dabei auf einen Ast, der mit einem leisen Knacksen zerbrach.

Mein Herzschlag setzte aus.

Gunnar hob den Kopf und blickte suchend in unsere Richtung. Mit seinem blutverschmierten Mund sah er aus wie ein Kleinkind, das gekleckert hatte. Er ließ seinen Blick über den Waldrand schweifen.

Ich wagte es nicht einmal zu atmen. Wir standen still und bewegungslos wie die Salzsäulen. Gunnar schien verstört zu sein. Seine Augäpfel zuckten nervös hin und her. Er wirkte wie ein Tier, das beim Verspeisen seiner Beute gestört worden war. Mara hatte ihren Kopf weggedreht, als könne sie selbst nicht mit ansehen, was Gunnar mit ihr tat.

Plötzlich knackte es erneut und ein graues Kaninchen kam aus dem Unterholz gehoppelt. Als Gunnar es entdeckte, wandte er sich erleichtert seiner Mahlzeit zu.

So vorsichtig wie möglich machten wir uns aus dem Staub.

# 17

Wir beschlossen, nicht sofort zum Dorf zurückzukehren. Zuerst mussten wir unsere Gedanken ordnen. Was wir gesehen hatten, war zu krass, um einfach so zur Tagesordnung überzugehen. Wir liefen also ein Stück am Waldrand entlang, bis wir einen weiteren Felsbrocken fanden, hinter dem wir uns ausruhen konnten.

»Was ist das für ein krankes Dorf?«, fragte ich. »Leichenhaufen, Frauen, die rapide altern, und jetzt ein Typ, der Blut trinkt!«

»Meinst du, Gunnar ist ein Vampir?«, überlegte Holger.

»Quatsch. Ich glaube nicht an Vampire. Aber dieses Blutopfer vor hundert Jahren – vielleicht hat es damit was zu tun. Vielleicht sind die Dorfbewohner in einer Art Sekte, die tatsächlich an die Kraft von frischem Blut glaubt.«

»Oder Gunnar ist einfach nicht ganz dicht«, sagte Holger.

»Das auf jeden Fall!«, antwortete ich.

»Bleibt nur eine Frage: Was machen wir jetzt?«

Ich dachte nach. Auf Anhieb hatte ich darauf keine Antwort.

»Ich habe keine Lust, zurück ins Dorf zu gehen«, sagte

Holger. An seinem Tonfall erkannte ich, dass »keine Lust« eigentlich »Riesenschiss« bedeutete. Mir ging es allerdings nicht anders. Was ging hier vor?

»Meinst du nicht, wir sollten die anderen warnen? Ist doch möglich, dass nur Gunnar hier der Spinner ist – vielleicht sogar ein Mörder!«, schlug Holger vor. »Vielleicht hilft uns Bertram – der scheint doch eigentlich ganz in Ordnung zu sein, oder?«

»Dem traue ich genauso wenig wie allen anderen«, sagte ich. »Abgesehen von Andrea. Sie hilft uns bestimmt.«

Holger sah mich mitleidig an. »Hör mal – mir ist klar, dass du sie magst, aber ich weiß nicht recht ... Sie ist nett. Aber wenn wir den Dorfbewohnern insgesamt nicht trauen, dann sollten wir auch bei ihr vorsichtig sein. Zumindest sollten wir das Risiko nicht eingehen, bis wir wissen, was genau hier los ist.«

Ich wollte etwas sagen, um sie zu verteidigen, doch dann kamen mir ihre Worte wieder in den Sinn: *Wenn du wüsstest, wer ich wirklich bin, würdest du mich so sehr hassen, wie ich es verdient habe.* Was hatte sie damit sagen wollen? Nein, ich wollte jetzt nicht darüber nachdenken.

Plötzlich kam mir eine Idee. »Die Station! Bertram hat gesagt, dass es oberhalb des Dorfes eine Station der Bergwacht gibt. Dort ist ein Funkgerät. Wir klettern rauf und rufen Hilfe!«

Holger nickte. »Was Besseres fällt mir auch nicht ein.«

»Meinst du, du schaffst das mit deinem Bein?«

Holger grinste. »Bevor ich in das Dorf mit den Blut trinkenden Zombies zurückgehe, laufe ich lieber auf Händen den Berg rauf.«

Wir umgingen das Dorf weiträumig, indem wir uns am Waldrand hielten. Bald gelangten wir an den Fluss, der die Mühle und den Generator speiste. Wir überquerten den Steg und folgten dem Weg, der am Steinmassiv entlang zum Glashüttenturm führte.

Als das seltsame Gebäude hinter den Felsen der nächsten Biegung auftauchte, hob ich die Hand, um Holger zu stoppen und ihm zu verstehen zu geben, dass jemand auf uns zukam.

Wir pressten uns an die feuchte Steinwand. Gebannt beobachteten wir, wie drei Gestalten sich näherten, die aus dem Turm getreten waren: Xaver und Senta – und eine dritte Person, die sie in die Mitte genommen hatten. Die mittlere hielt etwas in der Hand, auf dem sich orangerot das Sonnenlicht brach. Es war der Kelch, den die beiden Glasbläser für das Frühlingsfest angefertigt hatten.

Als die kleine Gruppe aus dem Schatten des Turms trat, konnte ich auch sehen, um wen es sich bei dem Träger des Kelchs handelte.

»Das ist Amélie«, flüsterte ich Holger zu.

»Was hat sie denn da an?«, fragte er.

Amélie trug das weiße Kleid, das Gunnar ihr geschenkt hatte. In kurzen Worten schilderte ich Holger, was ich neulich beobachtet hatte, während sich die merkwürdige

Truppe weiter auf uns zu bewegte. Amélie schritt vor den anderen beiden her, als würde sie schlafwandeln.

»Sie halten genau auf uns zu!«, schrie ich. »Schnell weg – ich glaube, es ist besser, wenn sie uns nicht sehen. Zurück in den Wald!«, rief ich Holger zu und rannte los. Erst Sekunden später bemerkte ich, dass er hinter mir zurückgefallen war.

»Mit meinem Bein kann ich nicht schneller«, keuchte er. Ich lief zu ihm und legte seinen Arm um meinen Hals, um ihn zu stützen. So würden wir nie rechtzeitig den Wald erreichen. Ich blickte mich um. Die drei konnten jeden Moment hinter der Biegung auftauchen.

»Der Steg«, presste Holger hervor. »Das ist unsere einzige Chance.«

Wir humpelten zum Fluss zurück. Holger sprang ins Wasser und watete unter die kleine Holzbrücke. Ich warf einen schnellen Blick über meine Schulter. Da tauchte Xaver hinter der Biegung auf. Mit einem Platschen sprang ich ins Wasser und duckte mich unter die kleine Brücke.

»Scheiße, ist das kalt!«, zischte ich.

»Für meinen Knöchel ist es göttlich!«, antwortete Holger grinsend.

Während wir warteten, umklammerte mich die Kälte wie eine eisige Hand. Ich versuchte, von einem Bein aufs andere zu treten, doch die Erleichterung hielt sich in Grenzen.

»Sie kommen«, flüsterte Holger, als die Stimmen der Glasbläser deutlich näher klangen.

Ich biss die Zähne zusammen. Die Kälte an meinen Beinen hatte sich zu einem stumpfen Schmerz gesteigert. Ich bemühte mich, meine Zehen zu bewegen, doch sie hatten sich in Eisklötze verwandelt.

Eine gefühlte Ewigkeit später hörten wir die Schritte über uns auf dem Holzsteg. Ich kniff die Augen zusammen und versuchte, an die Sonne zu denken, an die Wüste Sahara, an glühende Kohlen …

Jetzt hatte die kleine Gruppe den Steg wieder verlassen, doch wir mussten noch ausharren. Sekunden später riskierte ich einen Blick. Quälend langsam stapften die drei den Pfad entlang. Amélie ging vorneweg, die Augen auf den Kelch fixiert. Ich lugte ein Stück weiter unter dem Steg hervor und sah der seltsamen Prozession nach.

»Ich kann nicht mehr«, drängte Holger. »Es ist so kalt!«

Die drei Gestalten hielten auf das Dorf zu.

»Ganz kurz noch«, sagte ich.

»Ich … kann … nicht … mehr …«

Holger wollte gerade ans Ufer waten, als ich ihn am Ärmel festhielt. Xaver war stehen geblieben. Er drehte sich um und lief zum Fluss zurück.

»Wa–«, begann Holger, bevor ich ihm den Mund zuhielt. Ich deutete in Richtung des Pfades, auf dem Xaver jetzt auf uns zukam. Holger erstarrte. Zuerst dachte ich, dass Xaver über den Steg zurückgehen würde, doch es kam noch schlimmer. Anstatt die Brücke zu überqueren, lief er die Böschung hinab ans Ufer.

Vorsichtig zogen wir uns in den Schatten zurück, den

der Holzsteg auf das Wasser warf. Xaver ging in die Knie. Er hatte uns gesehen, das war die einzige Erklärung! Jetzt kostete er jede Sekunde aus, bis er uns in die Augen sah.

Wir zitterten nicht mehr nur vor Kälte. Doch als Xavers Kopf endlich erschien, waren seine Augen auf den Fluss gerichtet, nicht auf uns. Er tauchte die Hände hinein und schöpfte eiskaltes Wasser heraus. Mit lauten Schlürfgeräuschen trank er es. Holger und ich wagten es nicht, auch nur zu atmen. Unsere Beine waren zu Eiszapfen gefroren.

»Xaver, komm jetzt endlich!« Senta war unsere Rettung. Xaver hätte nur den Kopf heben müssen, um uns direkt anzusehen, doch er drehte sich im Aufstehen um und blickte hinüber zum Weg.

»Komm ja schon!«, brüllte er und trabte die Böschung hinauf. Die drei entfernten sich.

So schnell unsere gefrorenen Beine es uns erlaubten, kletterten wir aus dem Fluss. Ein fast unerträgliches Kribbeln setzte ein, als die Wärme in meine Füße zurückströmte.

»Das war knapp!«, japste ich.

Holger rieb sich die Unterschenkel. »Wenigstens hat es die Schmerzen in meinem Knöchel etwas gelindert. Den spüre ich jetzt nämlich gar nicht mehr.«

Eine Weile später trotteten wir zur Glashütte. Weil auch meine Beine halb taub waren, stolperte ich zum zweiten Mal an diesem Tag über eine Wurzel und schlug hart mit dem Knie auf dem Boden auf.

Ich unterdrückte einen Schmerzensschrei und hielt mir das Bein. Holger half mir hoch. Ich stand auf und versuchte, mein Gewicht auf das andere Bein zu verlagern. Ein stechender Schmerz fuhr durch mein Knie.

»Wir hätten zwei Rollstühle mitnehmen sollen«, flüsterte Holger spöttisch.

»Wenigstens sind meine Zehen wieder aufgetaut.«

Humpelnd folgten wir dem kleinen Weg, der um den Glashüttenturm herumführte. Hier hinten war es nur noch ein Trampelpfad, nicht mehr als ein Streifen Erde, auf dem kein Gras mehr wuchs.

Stück für Stück schlängelte er sich den Hang hinter der Glashütte in die Höhe und führte nach einigen Metern in die weiße Nebelwand hinein.

»Verdammte Waschküche!«, rief ich.

»Hilft nichts. Da müssen wir durch. Das ist der einzige Weg zu dieser Station«, antwortete Holger.

Wir stapften also weiter. Es ging ziemlich steil bergauf und durch die kleinen Kiesel, die den Weg bedeckten, rutschten wir immer wieder aus.

»Mann, mein Knöchel bringt mich noch um!«, jammerte Holger. »Das brauche ich jetzt echt nicht – müssen Berge so hoch sein?«

»Tja, es sind nun mal keine Täler. Stütz dich bei mir ab«, sagte ich und hielt ihm meinen Arm hin.

»Geht schon«, sagte er. »Du bist doch genauso angeschlagen wie ich.«

Holger hatte recht. Der Schmerz in meinem Knie pochte unvermindert.

Der steile Pfad gepaart mit der sauerstoffarmen Luft machte den Aufstieg zu einer echten Tortur. Da ich die ganze Zeit darauf achtete, wo ich meine Füße hinsetzte, wäre ich um ein Haar mit einer Holzstange zusammengestoßen, die am Wegrand stand. Ich fluchte leise.

Als ich das Schild entdeckte, das daran befestigt war, war ich allerdings schon fast wieder versöhnt.

»Bergwacht: fünfhundert Meter«, las Holger vor.

»Fast geschafft!«, antwortete ich keuchend.

Der Schotterpfad endete auf einer Wiese – ein kleines Plateau, eingerahmt von noch höheren Bergen. Der Nebel war hier dünner, wahrscheinlich weil er mehr Platz hatte, um sich auszubreiten. In der Mitte der kargen Grasfläche schälte sich eine Holzhütte aus dem Dunst. Ein Holzschild war unter dem Giebel angebracht. »Bergwacht« stand darauf in eingebrannten gotischen Buchstaben.

»Das soll die Station sein?«, fragte Holger. »Sieht aus, als wäre sie seit Jahrzehnten nicht benutzt worden.«

Tatsächlich machte das klapprige Gebäude einen verfallenen Eindruck. Viele der Schieferplatten, die als Dachschindeln dienten, waren in der Mitte durchgebrochen und die Balken, die die Außenwand bildeten, wirkten morsch.

»Mir egal, wie sie aussieht«, sagte ich. »Hauptsache, das Funkgerät tut seinen Dienst.«

Ich trat auf die Eingangstür zu und drückte die eiserne Klinke hinunter. Quietschend schob sich die Tür nach innen und wir betraten die Station. Das Zimmer war in einem ähnlich baufälligen Zustand, wie es der äußere Anblick vermuten ließ. Der Boden und die Fensterbänke waren fingerdick mit Staub und toten Fliegen bedeckt.

Und an der Wand waren mehrere Haken angebracht, von denen alte Kletterseile, verrostete Steigeisen und stumpfe Spitzhacken herabhingen.

»Was ist denn das für ein Schuppen?«, platzte Holger entgeistert heraus.

»Hier finden wir eher den Schatz vom Silbersee als ein funktionierendes Funkgerät«, fügte ich enttäuscht hinzu.

»Vielleicht da drüben.« Holger zeigte auf einen Schreibtisch, der an der gegenüberliegenden Wand stand. Er durchquerte den Raum und sah ihn sich näher an. Auch ich schaute mich in der Hütte suchend um.

»Ich glaub, wir können uns sparen weiterzusuchen«, sagte ich nach einer Weile.

»Was? Wieso denn – komm schon, irgendwo muss das olle Ding doch sein«, meinte Holger

»Fällt dir denn nichts auf?«, fragte ich.

»Was denn?«

»Im Staub sind außer unseren eigenen keine Fußspuren zu sehen. Bertram ist nie hier gewesen. Jedenfalls nicht in den letzten Tagen.«

»Verfluchter Mist!« Holger sah reichlich erschüttert drein. »Hier ist auch kein Funkgerät. Nur eine riesige alte Schreibmaschine – meinst du, wir sind an der falschen Station? Vielleicht haben sie irgendwo eine neue, supermoderne gebaut und das hier sind nur noch Überbleibsel.«

Ich war inzwischen zu der anderen Wand gegangen, an der einige gerahmte Schwarz-Weiß-Aufnahmen hingen.

Diverse Wandersleute waren darauf zu sehen, die fröhlich in die Kamera grüßten. Die Fotos mussten uralt sein, denn sie waren vergilbt, körnig und wurden zum Rand hin unscharf. Als ich das letzte Foto betrachtete, stutzte ich.

»Holger, komm her! Das musst du dir ansehen.«

Holger war sofort bei mir. »Was ist denn?«

»Schau mal, das Foto hier!«

Er blickte auf das Bild. »Was soll damit sein?«

»Sieh dir die Gesichter an!«

Er kniff die Augen zusammen und trat näher heran. »Ja und?«

»Schau doch hin!« Ich deutete auf die Männer und Frauen, die sich vor der Bergwacht-Station aufgestellt hatten. »Das sind die Leute aus dem Dorf. Und sie sind seit damals kein bisschen gealtert!«

»Spinnst du?«, sagte Holger, doch es schwang Unsicherheit in seiner Stimme mit.

»Das ist Bertram. Und die beiden hier sind Johannes und seine Frau Elsa. Und das da ist doch eindeutig Gunnar. Guck dir nur das falsche Lächeln an!«

Holger starrte auf das Bild. »Es besteht eine gewisse Ähnlichkeit«, sagte er schließlich.

»Da ist nicht nur eine Ähnlichkeit, das sind dieselben Menschen!«

Holger drehte sich zu mir. »Das kann nicht sein. Das sind irgendwelche Vorfahren. Ich hab auch ein Foto von meinem Uropa als Teenager zu Hause, wo er echt ausschaut wie mein Vater! Ohne Witz!«

Jetzt war ich es, der noch mal einen Blick auf die Gruppe warf. Durch die Unschärfe und die Körnigkeit des Fotos waren die Gesichter etwas verschwommen. Hatte ich mich doch geirrt?

»Foto hin oder her, wir können von hier aus keine Hilfe holen«, sagte Holger. »Ich schlage vor, dass wir irgendwie ins Tal zurückklettern. Das ist die einzige Möglichkeit – in dieses Dorf voller Verrückter bringen mich keine zehn Pferde mehr!«

»Das geht nicht. Erstens ist es bald stockdunkel, zweitens können wir kaum laufen und drittens können wir die anderen nicht einfach so zurücklassen – und Andrea überlasse ich diesen Irren auch nicht.«

Holger schnaubte. »Die steckt doch genauso in der Sache drin wie die anderen.«

»Wir wissen ja noch gar nicht, was ›die Sache‹ überhaupt ist«, erwiderte ich. »Und außerdem glaube ich nicht, dass sie böse Absichten hat.«

»Sie hat dir den Kopf verdreht.«

»Hat sie nicht. Ich traue ihr. Sie … sie ist nicht wie die anderen.«

»Woher weißt du das?«, fragte er.

»Ich habe meine Gründe.« Ich dachte daran, wie ich sie durch die Tür ihres Zimmers weinen gehört hatte. »Außerdem haben wir keinen anderen Plan. Jetzt ins Tal abzusteigen, wäre glatter Selbstmord.«

Das letzte Dämmerlicht, das durch den Nebel fiel, verlieh dem Raum eine seltsame rote Färbung. Als würde Blut in der Luft schwimmen. An der Innenseite der Tür hing eine alte Sturmlaterne, und Holger hatte eine Schachtel Streichhölzer in einer Schublade des Schreibtischs gefunden, mit denen er den Docht entzündete. Wir kehrten nach draußen zurück und wanderten im Licht der Laterne in den weißen Nebel hinein.

Der Abstieg dauerte doppelt so lange wie der Hinweg. Mehrmals stolperten wir und fielen beinahe hin. Eine Stunde später hatten wir den Steg erreicht, der über den Fluss führte.

»Vielleicht sollte ich Bertram zur Rede stellen«, sagte ich zu Holger. »Er hat uns hierhergebracht. Ich traue ihm zwar nicht, aber ich glaube nicht, dass er der Anführer hier ist.«

»Nein, das ist wahrscheinlich Gunnar«, antwortete Holger. »Ich komme mit. Alleine gehe ich nicht zu diesem Arzt zurück – und wir sollten sowieso zusammenbleiben.«

»Und wenn wir aus Bertram nichts rauskriegen?«, überlegte ich laut.

»Dann trommeln wir die anderen zusammen und steigen alleine ins Tal ab. Du und Paula seid ja auch irgendwie im Nebel an der Felswand raufgeklettert. Und runter kommt man immer«, sagte Holger und grinste schief.

Ich stimmte ihm zu. Alleine und noch dazu bei diesem Wetter ins Tal abzusteigen, würde nicht ganz ungefährlich werden, trotzdem erschien mir mittlerweile alles besser, als hier bei diesen Irren zu bleiben, wo uns wer weiß was erwartete.

Wir bogen auf der anderen Seite des Flusses nach links ab und standen kurze Zeit später vor Bertrams Haus. Ich klopfte an und Andrea öffnete. »Ben! Ich dachte schon, dir wäre ... etwas passiert.«

Für einen Moment glaubte ich, sie wolle mich umarmen, doch dann trat sie einen Schritt zurück. Ich sah, dass sie wirklich besorgt gewesen war, doch ich wusste nicht, was ich sagen sollte.

»Ist dein Vater da?«, fragte ich schließlich.

Andrea nickte. »In der Küche.«

Wir folgten ihr ins Haus. Bertram saß am Esstisch und bat uns, Platz zu nehmen, doch ich reagierte nicht darauf. Was ich zu sagen hatte, sagte sich besser im Stehen.

»Wo habt ihr euch denn rumgetrieben?«, fragte er freundlich.

»Was geht hier vor sich?«, fragte ich ohne Vorgeplänkel.

Bertram blickte mich argwöhnisch an. Ich erzählte knapp, was uns widerfahren war, von den Leichen auf dem Felsplateau, Gunnars Angriff auf Mara, von Amélie, die den Kelch vor sich her getragen hatte, und der verlassenen Bergwachtstation. Als ich fertig war, prustete Bertram vergnügt los.

»Da hast du dir ja eine schöne Gruselgeschichte zusammengereimt«, sagte er und schmunzelte. »Es gibt für alles eine Erklärung. Setzt euch doch erst mal hin.«

Etwas widerwillig nahmen Holger und ich am Tisch Platz.

»Da bin ich jetzt aber gespannt«, sagte ich.

»Also die Sache mit Gunnar ist so: Es ist ein offenes Geheimnis, dass er an Mara ... sagen wir *interessiert* ist. *Verfallen* wäre aber wohl ein besserer Ausdruck.«

»Aber das Blut!«, warf ich ein.

»Wahrscheinlich war das bloß ihr Lippenstift.«

»So sah es aber nicht aus – und warum sollte sie Lippenstift am Arm tragen?«

»Du hast gesagt, er stand im Nebel«, sagte Bertram herausfordernd. »Konntest du so genau erkennen, was es war? Und ob er sie nicht schon vorher geküsst hatte? Hast du etwa eine bessere Erklärung? Ist Gunnar so eine Art Graf Dracula der Berge oder wie denkst du dir das?«

Bertram lächelte. Ich blieb stumm. In Wahrheit wusste ich nicht mehr, was ich glauben sollte. Wie Lippenstift hatten die roten Flecken an Gunnars Mund nicht ausgesehen, und was war mit dem Schlürfgeräusch, das ich gehört hatte? Andererseits hatte Bertram recht. Durch die Nebelschwaden hatten wir keine gute Sicht gehabt.

»Und die Sache mit den Leichen, die du gefunden hast, ist auch leicht zu erklären. Im Übrigen tut es mir wirklich leid, dass du dort hinuntergepurzelt bist und dich so erschreckt hast. Das muss grauenhaft gewesen sein. Jedenfalls ist es so, wir haben einen Friedhof hier oben. Da die Humusschicht in den Bergen nicht besonders tief ist, kommt es vor, dass sie bei starkem Regen komplett abgetragen wird. Da wird dann auch schon mal die eine oder andere Leiche mitgespült. Es ist gut, dass du sie gefunden hast, denn jetzt können wir sie in ihre Gräber zurückbringen. Eine furchtbare Sache.«

Diese Erklärung erschien mir einerseits schlüssig und zu gern wollte ich sie glauben. Doch andererseits ... warum sollte man Tote in ihrer kompletten Wandermontur bestatten? Wo waren die Särge, die dazugehörten?

Mir schwirrte der Kopf vor unbeantworteten Fragen. Belog Bertram mich?

Ich blickte zu Andrea, die ihren Vater vorwurfsvoll ansah. Was wusste sie?

»Und die Leiche der alten Frau?«, fügte ich hinzu.

»Du meinst die Frau, die vor deinen Augen angeblich zu Staub zerfallen ist?«

»Sie ist nicht zu Staub –«

»Ben!«, unterbrach mich Bertram. »Ich glaube nicht an solche Dinge. Und du wirkst auf mich auch nicht wie jemand, der so einen Schwachsinn glaubt. Fakt ist: Du hast dir den Kopf gestoßen. Es war eine Halluzination. So wie es der Arzt gesagt hat.«

Ich rieb mir die Augen. Dieser Tag hatte seine Spuren bei mir hinterlassen. Die Gedanken in meinem Kopf überschlugen sich, und die Stellen, an denen ich mich gestoßen und aufgekratzt hatte, pulsierten mit einem dumpfen Schmerz.

»Was ist mit Amélie?«, mischte Holger sich nun ein. »Wir haben sie vorhin in einem komischen Kleid gesehen, sie war mit den Glasbläsern unterwegs.«

Bertram lächelte. »Es soll ja eigentlich eine Überraschung sein«, antwortete er. »Beim Frühlingsfest gibt es immer eine Auserkorene, die den Kelch tragen darf. Gunnar hat gemerkt, dass eure Klassenkameradin wegen ihres Freundes betrübt war, und hat ihr diese Ehre überlassen.«

»Aber sie wirkte so abwesend«, sagte ich.

»Stell dir vor, du würdest einen kostbaren Glaskelch tragen. Dann würdest du dich doch auch konzentrieren, oder nicht?«

»Was ist mit der Station?«, fragte ich. »Sie war total verfallen und dort war weit und breit kein Funkgerät zu sehen.«

Bertram fasste sich an die Stirn, als würde er nachdenken. Hatte ich ihn festgenagelt? Doch dann merkte ich, dass er sich vor Lachen schüttelte. Er blickte mich vergnügt an. »Das ist die alte Station, die ihr gefunden habt. Die neue Station ist etwa einen halben Kilometer weiter oben. Glaubt ihr denn, wir würden in dem alten Schuppen noch arbeiten?«

Bertram hatte für alles eine Erklärung, aber in meinem Kopf setzte sich das nicht zu einem sinnvollen Bild zusammen.

»Wisst ihr was?«, fuhr Bertram nach einer Pause fort. »Wir schlafen jetzt alle eine Nacht darüber. Morgen ist das Frühlingsfest. Das ganze Dorf wird dabei sein, und ihr werdet sehen, dass es hier weder Vampire noch Zombiefrauen gibt, sondern nur gastfreundliche Menschen, die euer Bestes wollen. Ich glaube, ihr seid erschöpft, wollt nach Hause und steigert euch da in etwas rein. Morgen sieht die Welt wieder anders aus.«

Ich nickte langsam. Meine Beine schmerzten, meine Augen fielen mir zu und mein Kopf war schwer wie eine Bleikugel.

»Einverstanden«, sagte ich schließlich.

Ich wusste, dass es so oder so meine letzte Nacht in diesem Dorf sein würde.

Ich war zwar hundemüde, aber als ich mich endlich ins Bett legte, konnte ich trotzdem nicht einschlafen. Sobald ich die Augen schloss, hatte ich grauenhafte Bilder vor Augen: die Frau, die rapide alterte; die Leichen in dem Graben, in den ich gefallen war; Gunnar, der Maras Blut trank.

Und als ich endlich zur Ruhe kam, drangen Stimmen durch die Bretter des Bodens. Ich erkannte Andrea und Bertram an ihrem Tonfall, doch ich konnte nicht hören, was sie sagten. Jedenfalls klangen sie nicht freundlich. Es hörte sich sogar so an, als hätten sie einen handfesten Streit. Schließlich knallte eine Tür und es kehrte Ruhe im Haus ein.

Irgendwann musste ich doch eingeschlafen sein, denn als ich die Augen das nächste Mal öffnete, schien die Sonne durch das Fenster. Ich zog mich an und kletterte nach unten.

»Guten Morgen, Ben!«

Ich drehte mich um. Andrea kam gerade aus ihrem Zimmer. Sie trug ein schneeweißes, figurbetontes Kleid, in dem sie umwerfend aussah. Sie lächelte mich an und drückte mir einen Kuss auf die Wange, nachdem sie sichergestellt hatte, dass Bertram nicht in der Nähe war.

»Ich hoffe, du hast gut geschlafen«, flüsterte sie mir ins Ohr. Dabei berührten ihre Lippen ganz flüchtig meine Wange, was mir einen wohligen Schauer über den Rücken jagte.

Andrea war wie verwandelt. Von ihrer besorgten Art war nichts mehr zu spüren. Sie nahm meine Hand und zog mich in die Küche. Dort saß Holger bereits neben Tina und Iris am Tisch.

Ich setzte mich und warf Holger einen vielsagenden Blick zu. Er grinste.

»Heute ist das Frühlingsfest!«, säuselte Iris.

»Es wird dir gefallen, Holger! Aber du musst mir einen Tanz versprechen!«, fügte Tina hinzu.

»Mir auch!«, sagte Iris.

Andrea schenkte mir frische Milch ein. Die Sonne, der Duft des Honigs und die hübschen Mädchen vertrieben alle Gedanken an Leichenberge und Blutsauger. Mit jedem Atemzug fühlte ich mich sicherer. Wahrscheinlich hatte der Arzt doch recht gehabt. Ich hatte mir diese Dinge bloß eingebildet.

Nach dem Frühstück liefen wir im Schlepptau der Mädchen zum Dorfplatz. Vor dem Denkmal des alten Heinrich standen vier der Dorfbewohner und spielten ein fröhliches Lied. Xaver spielte Blockflöte, Senta Querflöte und Sigurd und Esther Violine. Dirigiert wurde die kleine Kapelle von Mara.

Gunnar und Johannes klatschten im Takt dazu und die Kinder des Dorfes tanzten fröhlich um die Statue. Sie waren alle in schneeweiße Gewänder gehüllt. Auch Paula war da und wirbelte mit einem der Jungen im Kreis herum. Außerdem entdeckte ich Stefan, der eng umschlungen mit Manuela an einer Hausecke stand.

»Willst du tanzen?«, fragte Andrea. Ihre leicht geröteten Wangen, ihre strahlenden Augen und halb geöffneten Lippen ließen keine Widerrede zu. Ich nahm sie in den Arm und wir drehten uns zu der seltsamen Musik im Kreis. Ich verlor mich in einem Wirbel aus reinem Weiß und dem Kastanienbraun ihres Haars. Viel zu früh endete das Lied.

»Komm mit!«, flüsterte Andrea mir ins Ohr und zog mich hinter die nächste Hausecke. Ich konnte mein Glück kaum fassen!

»Andrea«, hauchte ich, als wir außer Sichtweite der anderen waren. Ich schloss die Augen und atmete ihren Duft ein.

»Du musst verschwinden!«

Damit hatte ich nun wirklich nicht gerechnet. Ich blickte sie irritiert an. Wollte sie mich nicht mehr sehen? Sie biss sich auf die Lippe und sah verstört in Richtung des Dorfplatzes.

»Wenn dir dein Leben lieb ist, dann lauf weg von hier. Sofort!«, drängte sie.

»Aber warum?« Ich verstand mal wieder gar nichts mehr.

»Ich … ich kann es dir nicht sagen. Du musst jetzt gehen.« In ihren Augen war ein Flehen, das mich aus der Fassung brachte. Sie meinte es ernst – aber was um alles in der Welt war in sie gefahren?

»Geh jetzt! Bitte!«

Plötzlich war die friedliche Atmosphäre wie weggeblasen. Ich hatte doch recht gehabt. Hier im Dorf war etwas oberfaul, und Andrea hatte den ganzen Morgen nur mitgespielt, um die anderen in Sicherheit zu wiegen! Beinahe wäre ich wirklich losgelaufen, direkt in den Nebel hinein, doch dann blickte ich zu Holger, Paula und den anderen, und mir wurde klar, dass ich sie nicht zurücklassen konnte.

Ich schüttelte den Kopf. »Was ist mit Holger und den anderen? Ich kann nicht ohne sie gehen.«

»Du musst!«, flehte Andrea mich an. »Es ist deine letzte –«

»Da seid ihr ja, ihr beiden Turteltäubchen!« Gunnar war um die Hausecke gebogen und legte uns väterlich die Hände auf die Schultern. »Wir wollen zum Festplatz ziehen. Kommt mit!«

Er unterstrich die Einladung, indem er uns unsanft zum Dorfplatz zurückschob. Dort hatten sich die anderen bereits wie in einem Spielmannszug hinter den Musikanten eingereiht. Gunnar beförderte uns ans hintere Ende der Gruppe und stellte sich selbst an die Spitze.

»Bevor wir uns auf den Weg machen können, fehlt uns noch eine Kleinigkeit«, verkündete er.

Er nickte Mara zu, und sie wies ihre Musiker an, eine kleine Fanfare zu spielen. Unter dem lauten Tusch trat ein Mädchen aus Gunnars Haus. Es war Amélie. Sie trug das weiße Kleid, das Gunnar ihr geschenkt hatte. Mit seltsam schlurfenden Schritten trottete sie vorwärts, den Kelch in den Händen.

Erst als sie sich an den Kopf der Gruppe stellte, sah ich ihr Gesicht.

Ihre Augen waren glasig und ausdruckslos.

# 21

Ich wollte etwas sagen, doch Andrea drückte meine Hand und schüttelte den Kopf. Mara hob die Arme, und die Musiker begannen, eine beschwingte Melodie zu spielen. Der Zug setzte sich in Bewegung. Allen voraus schritt Gunnar, dann folgte Amélie und dahinter schließlich der Rest von uns.

Immer wieder warf ich Andrea Blicke zu, doch sie wich ihnen aus. Wir verließen das Dorf und gingen in Richtung Waldrand. Schnell wurde mir klar, dass wir auf die Stelle zuhielten, an der der Dolmen lag. Als Gunnar die Nebelwand erreichte, die das Tal und die umliegenden Berge noch immer fest im Griff hatte, geschah etwas Merkwürdiges. Die dicke Suppe löste sich vor ihm auf, und eine Schneise entstand, durch die wir in den Wald spazierten.

Ich kannte den Weg nur zu gut, doch ich hatte ihn noch nie bei so völlig klaren Sichtverhältnissen betreten. Jetzt, wo die kargen Bäume vollständig zu sehen waren, wirkten sie wie Hände mit langen, dünnen Klauen, die aus dem Boden wuchsen. Hier und da saßen struppige Krähen in den Ästen, die keinen Ton von sich gaben, was die Atmosphäre noch bedrückender machte.

Bald waren wir an dem Dolmen angekommen. Die

Musiker stellten sich davor auf und stimmten einen langsamen Walzer an. Wie auf Kommando fassten sich die Dorfbewohner an den Händen und bildeten einen Ring um den Steintisch. Andrea nahm mich in den Kreis auf und auch die anderen reihten sich ein. Nur Amélie nicht. Sie stand in unserer Mitte und hielt den Kelch fest in beiden Händen. Langsam wiegte sie ihren Kopf hin und her, während wir um den Dolmen herumtanzten.

Schließlich hob Amélie den Kelch in die Höhe, während die Dorfbewohner in einen Singsang verfielen. Amélie drehte sich einmal um sich selbst und stellte das Gefäß dann auf den Boden, sodass es genau unter dem Loch in der Mitte der Steinplatte stand. Dabei waren ihre Bewegungen seltsam träge und unkoordiniert. Ich fragte mich, ob sie betrunken war.

Was, wenn sie unter Drogen stand und das alles gar nicht freiwillig tat? Hatte Gunnar ihr etwas eingeflößt – oder war das alles eine gut einstudierte Show?

Als der Kelch an seinem Platz war, teilte sich der Kreis und die Dorfbewohner klatschten begeistert in die Hände.

»Jetzt kommt der lustige Teil des Fests!«, rief Gunnar voller Begeisterung.

Iris und Tina, Holgers Freundinnen, erschienen mit einem großen Steinkrug und mehreren Bechern, die Iris an alle austeilte, während Tina jedem aus dem Krug einschenkte. Er enthielt eine bläuliche Flüssigkeit.

»Was ist das denn?«, fragte ich, als Tina bei mir angekommen war.

»Das ist ein Kräuterschnaps, den wir aus den Thei-
monblüten brauen.« Sie zeigte auf die kleinen blauen
Pflanzen, die unter dem Dolmen wucherten, und goss
mir ein.

Als sie weitergegangen war, hob ich das Glas an die
Nase, um daran zu riechen. In diesem Moment stieß Andrea wie zufällig an meinen Ellbogen, was dazu führte,
dass sich der Inhalt meines Bechers über den Boden ergoss. Ich blickte sie fragend an. Kaum merklich deutete
sie ein Kopfschütteln an.

»Andrea, hilf doch bitte Tina und Iris beim Einschen-
ken.« Gunnar hatte sich vor uns aufgebaut und sah Andrea keineswegs freundlich an.

Ohne einen weiteren Blick trollte Andrea sich schnell
zu den beiden Mädchen.

»Ben, mein Freund, so etwas Gutes bekommst du unten im Tal nicht und auch hier nur einmal im Jahr!«,
sagte Gunnar strahlend.

Dann bemerkte er, dass mein Becher leer war. »So was
sehe ich gar nicht gerne! Ein leerer Krug! Das muss man
sofort beheben.« Damit schüttete er etwas von seinem
Becher in meinen. »So, und nun lass uns anstoßen, wie
es bei uns Brauch ist!«

Er schlang seinen rechten Arm um meinen und führte
seinen Becher zum Mund. Dabei blickte er mich erwar-
tungsvoll an. Mir blieb nichts anderes übrig, als es ihm
gleichzutun. Ich nahm einen Schluck und kniff die Augen
zusammen, als das brennende Zeug meine Kehle hinun-
terfloss.

»Nicht von schlechten Eltern, nicht wahr?«, meinte Gunnar.

»Kann man wohl sagen«, antwortete ich heiser. Tränen stiegen mir in die Augen.

»Nur so wird ein richtiger Mann aus dir«, sagte Gunnar und klopfte mir freundschaftlich auf den Rücken. Ich stolperte einen Schritt nach vorne und hatte auf einmal Mühe, mich auf den Beinen zu halten. Dieser Theimonschnaps war wirklich ein Teufelszeug.

Während ich dastand und darauf wartete, dass die Welt aufhörte, sich zu drehen, fiel mein Blick auf den Kelch unter dem Stein. Plötzlich schoss mir ein Gedanke durch den Kopf – etwas, was Gunnar bei seiner Führung durch die Glashütte gesagt hatte. Hatte er nicht erwähnt, dass der Kelch dazu benutzt wurde, um daraus den Kräuterschnaps zu trinken? Wieso stand er dann unbenutzt unter dem Dolmen?

Am anderen Ende der Lichtung schichtete Bertram Holz zu einem Lagerfeuer auf. Als die Flammen ihre wohlige Hitze verströmten, setzten wir uns im Kreis darum herum. Fackeln wurden an den Rändern der Lichtung entzündet und spendeten ein gemütliches flackerndes Licht. Johannes half Bertram dabei, einen großen Grillrost über dem Feuer aufzubauen, und bald brutzelten Würste, Steaks und Koteletts darauf um die Wette.

Der Duft, der über der Lichtung hing, ließ mir das Wasser im Mund zusammenlaufen. Es gab reichlich für alle zu essen und der Theimonschnaps floss in Strömen. Holger hatte sich neben mich gesetzt und wir stießen ein ums andere Mal mit unseren Bechern an. Wenn man sich erst mal an das Zeug gewöhnt hatte, war es eigentlich ganz lecker. Ich wusste nicht, wo Andrea geblieben war, aber es war mir auf einmal egal.

Wenn sie nicht in der Stimmung für ein Fest war, dann konnte ich ihr auch nicht helfen. Stattdessen ließen sich Iris und Tina neben uns nieder. Die Musiker begannen wieder zu spielen und die beiden Mädchen brachten uns die Texte der Lieder bei. Wir hakten uns bei ihnen ein und bald grölten wir lauthals mit den Dorfbewohnern mit. Die Schrecken der letzten Tage kamen mir immer unwirklicher vor.

Bis Gunnar den Dolch zückte.

## 22

Mara war vor den Dolmen getreten und hatte begonnen, sich langsam im Kreis zu drehen. Dabei hob die Lehrerin die Arme und ließ sie durch die Luft gleiten. Sie hatte die Augen geschlossen und schien ganz in ihrer eigenen Welt gefangen zu sein.

Gunnar stand von seinem Platz am Lagerfeuer auf. Auch ihm war der Schnaps zu Kopf gestiegen, denn er hatte eindeutig Mühe, das Gleichgewicht zu halten. Für den Bruchteil einer Sekunde sah ich etwas in seiner Hand aufblitzen. Es war die schwarze Klinge des Dolches, den er mir abgenommen hatte. Entschlossen ging er auf Mara zu.

»Du wirst ihr nichts antun!«, rief ich und sprang dabei auf. Erst jetzt bemerkte ich, wie sehr mir der Schnaps die Sinne vernebelt hatte. Ich schüttelte den Kopf, um das Schwindelgefühl loszuwerden. Schützend stellte ich mich vor Mara.

»Ich habe gesehen, was du gemacht hast! Ich habe beobachtet, wie du ihr Blut getrunken hast. Ich weiß nicht, was hier gespielt wird, aber jetzt ist Schluss damit!« Ich musste mich wirklich konzentrieren, um die Worte einigermaßen verständlich auszusprechen.

Die Gespräche und Gesänge verstummten. Die Musiker unterbrachen ihr Spiel. Alle Blicke waren auf mich gerichtet.

Dann begann es.

Gunnar öffnete den Mund. Und lachte.

Er lachte lauthals los und musste sich sogar auf seinen Knien abstützen, um nicht vor Lachen umzukippen. Jetzt verstand ich gar nichts mehr. Die anderen Dorfbewohner stimmten in sein Gelächter ein. Sie lachten so sehr, dass sie sich die Tränen aus den Augenwinkeln wischen mussten.

Ich drehte mich um. Die Einzige, die nicht lachte, war Mara. Stattdessen blickte sie mich eiskalt an. Was wurde hier gespielt?

Die Lehrerin machte einen Schritt auf mich zu und packte mich mit beiden Armen. Die kleine zierliche Frau schubste mich mit einer solchen Wucht zu Boden, dass mir einen Moment lang schwarz vor Augen wurde, als mein Hinterkopf auf einen Stein knallte.

Benommen blieb ich liegen. Gunnar schenkte mir ein grausames Lächeln, dann zückte er den Dolch und stellte sich vor Mara. Ich musste tatenlos mit ansehen, wie er die Klinge an ihre Stirn hob und zudrückte. Mit quälend langsamen Bewegungen begann er, mehrere Linien in ihre Haut zu ritzen. Das Blut, das daraus hervorquoll, lief Mara wie roter Honig über das Gesicht. Dabei verzog sie keine Miene.

Meine Mitschüler schrien vor Schreck auf. Ich beobachtete, wie Holger die Flucht ergreifen wollte, doch Iris und Tina stürzten sich auf ihn und hielten ihn fest. Mara schien nicht die Einzige im Dorf zu sein, die ungeahnte Kräfte besaß.

Inzwischen hatte Gunnar sein Werk vollendet. Und jetzt erkannte ich auch, welches Zeichen auf Maras Stirn prangte. Es war der Umriss einer Hand, aus der ein einzelner Blutstropfen quoll. Gunnar trat zurück und begutachtete das Symbol. Aus dem Gesicht der zierlichen Lehrerin war eine blutverschmierte Fratze geworden. Erneut erhob sie beide Arme, öffnete den Mund und sprach Worte, die ich nicht verstand.

Als sie verstummte, war es plötzlich still auf der Lichtung. Nur das Wimmern meiner Freunde und das Knistern des Feuers waren zu hören. Und dann loderten die Flammen auf. Ich traute meinen Augen nicht, als ich sah, dass sie sich verändert hatten. Die Fackeln und das Lagerfeuer schienen Dunkelheit zu verströmen. Das Feuer brannte mit derselben Intensität wie zuvor, doch die Flammen züngelten schwarz empor.

Mara trat an den Dolmen. Auch sie war verändert. Ihre Haut war schneeweiß, doch ihre Zähne und ihre Augen hatten sich wie das Feuer schwarz verfärbt und wirkten nun, als wären sie aus blanker, erstarrter Lava. Auf ihren Armen prangten blutrote Runen, die denen auf dem Dolch und der Steinplatte ähnelten.

Erst jetzt ahnte ich, was es mit dem Dolmen auf sich hatte. Es handelte sich dabei nicht um ein harmloses altes Denkmal, an dem fröhliche Feste gefeiert wurden.

Der Dolmen war ein Opferaltar.

Und wir waren die Opfer.

**23**

Der Singsang der Dorfbewohner setzte wieder ein. Mara stellte sich vor den Dolmen und starrte mich mit ihren schwarzen Augäpfeln an.

»Es hat begonnen«, sagte sie in einem leisen Flüsterton, der dennoch so klang, als hätte sie ganz nah an meinem Ohr gesprochen. Sie streckte die Hand aus und öffnete ihre Finger. Wie auf einen Befehl hin eilte Gunnar leicht gebückt zu ihr und übergab ihr den Dolch. Dann zeigte Mara auf Amélie, die als Einzige meiner Mitschüler nicht in der Gewalt einer der Dorfleute war.

Sie mussten irgendetwas mit ihr gemacht haben, denn Amélie trat wie ferngesteuert an den Altar. Sie setzte sich auf die Kante der Steinplatte und legte sich dann auf den Rücken. Der Singsang wurde lauter.

»Neiiiin!«, schrie Stefan, der mir gegenüberstand, doch er wurde von zwei Jungen wie im Schraubstock festgehalten. Sosehr er sich auch wehrte, er konnte sich nicht befreien.

Ich wollte aufstehen und Amélie helfen, doch sofort hatte sich ein anderer Junge auf mich gestürzt, mich zu Boden geworfen und mir beide Knie in den Rücken gestemmt. Schmerzhaft rammten sich seine Knochen in meine Muskeln. Ich kam nicht vom Fleck.

Mara nahm den Dolch in beide Hände – und holte aus.

»Aufhören!« Diesmal war es Andreas Stimme, die über die Lichtung hallte. »Ich kann das nicht mehr mit ansehen!«

Gerade wollte sie auf Mara zustürmen, als Bertram sie von hinten packte. »Lass gut sein, Andrea. Du weißt, dass es keinen anderen Weg gibt!«

»Nein!« Schluchzend vergrub sie das Gesicht in ihren Händen.

Da ich auf dem Boden neben dem Dolmen lag, konnte ich die schreckliche Szene, die sich nun abspielte, nicht mitverfolgen. Ich konnte sie nur hören.

Mara ließ den Dolch niedersausen. Den schmatzenden Laut, der entstand, als sich die Klinge in Amélies Körper bohrte, würde ich nie mehr vergessen. Ich erhaschte nur einen Blick auf Amélies Hand, die kraftlos über die Steinplatte rutschte. Sie zuckte einmal, dann hingen die Finger schlaff herunter.

Der Kelch, der nur einen Meter vor mir auf dem Boden stand, füllte sich mit ihrem Blut, das durch das Loch im Dolmen floss.

Die Dorfleute verstummten. Zwei von ihnen traten auf die Steinplatte zu und trugen Amélies leblosen Körper an den Waldrand, wo sie ihn niederlegten. Jetzt drehte sich Mara zu mir um. »Du bist der Nächste!«

Der Junge, der sich auf meinen Rücken gesetzt hatte, stand auf und zog mich hoch. Gemeinsam mit einem zweiten Jugendlichen bugsierte er mich zum Altar. Ich wand mich und stemmte meine Füße in den Boden, doch ich hatte keine Chance. Sie waren einfach zu stark. Sie legten mich auf die Steinplatte und hielten meine Arme und Beine fest, sodass ich mich kein Stück rühren konnte.

Wieder setzte der Singsang ein. Mara stellte sich vor mich. Die schwarze Klinge über ihrem Kopf war blutverschmiert.

Ich wusste, dass es jetzt zu Ende war. Ich schloss die Augen und wartete auf den Schmerz.

## 24

Doch er kam nicht.

»Aahhh!« Bertram schrie auf.

Ich öffnete die Augen und sah, dass Andrea sich losgerissen hatte.

Bertram hielt sich die Hand. Sie musste ihren Vater gebissen haben. Andrea stürmte auf Mara zu und stürzte sich auf sie.

Überrascht drehte Mara sich um, gerade als Andrea sie erreicht hatte. Durch den Aufprall fiel Mara der Dolch aus der Hand und landete klappernd auf der Steinplatte, genau zwischen meinen Füßen.

Sofort war Gunnar zur Stelle und packte Andrea brutal an den Armen. Er wirbelte sie herum und gab ihr eine Ohrfeige.

»Was ist in dich gefahren?!«, schrie er. Doch weiter kam er nicht. Bertram war auf ihn zugeeilt und packte ihn seinerseits am Kragen.

»Was fällt dir ein, meine Tochter zu schlagen!«, rief er und warf Gunnar zu Boden.

Jetzt ging alles ganz schnell. Einer der Jungen, die mich festgehalten hatten, eilte Gunnar zu Hilfe. Der andere war von den Ereignissen so überrascht, dass ich es schaffte, mich loszuwinden.

Ich kickte den Dolch nach rechts und rollte mich in dieselbe Richtung von der Steinplatte. Der erste Junge gab Bertram einen Faustschlag ins Gesicht, woraufhin der in die Knie ging. Gunnar stolperte rückwärts über einen Stein und stürzte ebenfalls. Ein glitzernder Gegenstand fiel aus seiner Hand.

Unbeobachtet hob ich den Dolch auf, versteckte ihn hinter dem Rücken und stellte mich schützend vor Andrea. Plötzlich stand ich von Angesicht zu Angesicht Mara gegenüber, die mich mit ihrem toten Blick regelrecht durchbohrte. Dann grinste sie und entblößte ihre schwarzen Zähne. Sie griff hinter sich, um den Dolch aufzuheben, doch ihre Hände fanden ihn nicht.

Wütend wirbelte sie herum. Ohne nachzudenken, stieß ich zu.

Die Klinge versank bis zum Heft in ihrer Brust. Verzweifelt versuchte sie, den Dolch mit den Händen wieder herauszuziehen, doch es war zu spät. Alle Kraft wich aus ihren Gliedern. Sie kippte zuckend nach hinten auf den Dolmen. In einem Schwall sprudelte ihr dunkelrotes Blut hervor, sammelte sich auf der Steinplatte, floss durch das Loch und vermischte sich in dem Kelch mit dem Blut von Amélie.

# 25

Für einen Moment kehrte wieder absolute Stille auf der Lichtung ein. Die einzigen Geräusche waren das stetige Tropfen von Maras Blut und der Puls, der in meinen Adern hämmerte.

Ich wartete darauf, dass die Dorfbewohner mich angreifen würden. Ich hatte ihren Dämon umgebracht – oder was immer Mara gewesen war. Doch die Attacke blieb aus. Stattdessen geschahen zwei Dinge auf einmal. Das Lagerfeuer und die Flammen der Fackeln flackerten mit einem Mal wieder in ihrer ursprünglichen Farbe. Kurz darauf klappte Maras Mund auf, und ein Geräusch ertönte, das wie ein langer ächzender Atemzug klang. Unwillkürlich trat ich einen Schritt zurück.

Der Nebel, der immer noch wie ein Ring um die Lichtung saß, verdichtete sich zu einem Streifen und floss auf den Dolmen zu. Dort verschwand er in Maras offenem Mund, als würde sie ihn trinken. Zum ersten Mal, seit wir das Dorf betreten hatten, lichtete sich die Wolke.

Ein paar Sonnenstrahlen bahnten sich den Weg durch die letzten Schwaden und schienen auf die Lichtung. Ich drehte mich um. Jetzt begriff ich, warum die Dorfbewohner mich nicht angegriffen hatten. Sie krümmten sich vor Schmerzen. Zuerst verstand ich nicht, warum, doch dann betrachtete ich Gunnar und mir wurde alles klar. Vor meinen Augen alterte er. Wie bei der Frau, die ich im Wald gesehen hatte, schrumpelte seine Haut zu weißem Pergament zusammen. Auch sein Haar verlor alle Farbe und begann auszufallen.

Paula stieß einen spitzen Schrei aus. Der Junge, der sie festgehalten hatte, war zu einem Greis geworden, der sich mit letzter Kraft an ihr festklammerte. Sie wand sich aus seinem Griff und er stürzte zu Boden.

Ich blickte mich suchend um. Andrea war zu Gunnar gekrochen. Mit zitternden Fingern griff sie nach dem glitzernden Ding, das neben ihm auf dem Boden lag. Auch sie alterte.

Jetzt erkannte ich, was sie in den Händen hielt. Es war das Amulett, das Bertram beim Aufstieg getragen hatte. Sie hängte es sich um den Hals. Dann sah sie mich an. Falten hatten sich auf ihrer Haut gebildet, und sie wirkte, als wäre sie um dreißig Jahre gealtert. Doch der Prozess hatte sich verlangsamt. Ich kniete mich neben sie und nahm ihre Hand in meine. Sie fühlte sich kalt und leblos an.

»Andrea, was ist hier passiert?«

Sie antwortete nicht. Sie blickte hinter sich und ich folgte ihrem Blick. Ein Stück neben uns inmitten der blauen Blüten lag Bertram. Er bestand nur noch aus Haut und Knochen.

»Mein ... mein Kind ...«, hauchte er. Dann sackte er tot in sich zusammen.

Ich nahm Andrea in die Arme. Tränen liefen ihre Wangen hinunter. »Ich ... ich habe nicht viel Zeit«, sagte sie schließlich. »Du hast ein Recht, zu erfahren, was ... was hier geschehen ist.«

Und dann begann Andrea, mir die Geschichte des Dorfes ██████ zu erzählen.

## 26

»Vor hundert Jahren zog das Grauen in ▓▓▓▓▓▓ ein«, begann Andrea. »Gunnar litt damals an einer unheilbaren Krankheit.«

»Gunnar lebte vor hundert Jahren schon?«, fragte ich.

»Wir alle sind über hundert Jahre alt, Ben.«

Ich dachte an das Foto, das in der Station der Bergwacht hing. Ich hatte mich also doch nicht geirrt. Es waren tatsächlich die Leute aus dem Dorf gewesen, die dort abgebildet waren.

»Johannes, der Arzt, konnte nichts mehr für Gunnar tun. Er war dem Tod geweiht. Als Johannes Gunnars Frau die Nachricht überbrachte, war sie am Boden zerstört. Doch dann schickte sie den Arzt aus dem Haus. Gunnars Frau, Heidrun, war im Dorf schon immer als Hexe verrufen. Man munkelte, dass ihre Mutter mit dem Teufel im Bunde stand und in der schwarzen Magie bewandert war. Doch wir taten Heidrun unrecht. Sie liebte Gunnar wirklich und sie tat alles für ihn. Wirklich alles. Keiner ahnte, wie weit ihre Opferbereitschaft ging.«

Andrea atmete keuchend ein und hustete. Ihr Zustand verschlechterte sich von Sekunde zu Sekunde.

»Keiner rechnete damit, dass Gunnar die Nacht überleben würde. Umso erstaunter waren wir, als er am nächsten Morgen gesund und munter wie ein Schuljunge in Johannes' Stube auftauchte. Die Männer löcherten ihn mit Fragen, allen voran der Arzt selbst. Gunnar gab vor, dass Heidrun ihm einen besonderen Tee aus Heilkräutern gebraut hatte, doch Johannes nahm ihm das nicht ab. Es wurde ein feuchtfröhlicher Abend. Man stieß immer wieder auf Gunnars Genesung an. Das Bier lockerte seine Zunge, und als draußen schon der Morgen graute, erzählte er schließlich, was sich wirklich zugetragen hatte.«

Mittlerweile hatten Paula und Holger sich zu uns gesellt. Stefan kniete am Waldrand neben den sterblichen Überresten von Amélie. Sein Blick war leer.

»Heidrun hatte ein Ritual zelebriert, das ihre Mutter ihr beigebracht hatte«, fuhr Andrea fort. »Sie rief einen Moroi an, einen Dämon, der die Macht hat, Lebensenergie zu trinken und diese an andere weiterzugeben. Wer von seinem Blut trinkt, kann ewig weiterleben. Aus Heidrun wurde Mara.«

Ich blickte auf den Altar, auf dem Maras Körper lag.

»Mara war Gunnars Frau?«, fragte ich.

»Ja. Das heißt, nein. Von Heidrun war nichts mehr übrig, als sie dem Dämon ihren Körper überließ. Doch Gunnar hat nie begriffen, dass von Heidrun, der Frau die er einst geliebt hatte, nichts geblieben war – dass dieses Geschöpf längst nicht mehr seine Frau war. Mara war ein durch und durch böses Wesen, das dieses Dorf unterjocht hat und uns wie Vieh behandelte. Aber Gunnar war blind für ihre wahre Natur, er liebte sie und war ihr förmlich verfallen.

Nachdem die Männer erfahren hatten, welche Heilkraft Maras Blut hatte, wollten sie auch davon trinken. Gunnar wehrte sich zuerst, doch Sigurd litt ebenfalls an einem schweren Gebrechen. Konnte er ihm die Heilung verwehren, die ihn gerettet hatte? Er ließ Sigurd also schließlich doch von Maras Blut trinken, was der nur recht war – denn diejenigen, die von ihr tranken, gehörten ihr mit Leib und Seele. Als die Männer erfuhren, dass Gunnar Sigurd hatte trinken lassen, gab es einen Streit. Denn weitere Ausnahmen wollte Gunnar nicht machen.

Die Auseinandersetzung eskalierte, mit dem Ergebnis, dass die anderen Männer sich einfach nahmen, was ihnen vermeintlich zustand. Sie griffen Mara an, hielten sie fest und labten sich an ihrem Blut. Auch ihren Kindern und ihren Frauen gaben sie davon zu trinken.

Mara selbst spielte das Spielchen mit – denn natürlich hätte sie sich leicht gegen die Männer wehren können. Aber ihr war es nur recht, dass sich die Dorfbewohner untereinander stritten. Je zerstrittener sie waren, desto leichter würde die Dämonin sie kontrollieren können.

Doch nicht alle im Dorf tranken von ihr. Manche widersetzten sich und forderten, dass man Mara aus dem Dorf jagte. Mara hetzte ihre Getreuen gegen die anderen Dorfbewohner auf.

Jetzt ging das Blutvergießen erst richtig los. Maras Getreue metzelten ihre Gegner regelrecht nieder. Sie brachten der Dämonin die Leichen und Mara labte sich an ihnen. Sie brauchte regelmäßig frisches Menschenblut, um in unserer Welt zu verweilen. Und nur wenn sie frisches Blut bekam, konnten andere aus ihren Adern trinken. Dann belohnte sie ihre Gefolgschaft.

Der Protest im Dorf war schnell gebrochen. Diejenigen, die gegen Mara waren, verstummten aus Furcht, die Nächsten zu sein, die geopfert wurden. Widerwillig tranken auch sie von ihr und wurden zu ihren Sklaven. Zu ihnen gehörte auch mein Vater. Wie ich erst vor Kurzem erfuhr, war meine Mutter eines von Maras letzten Opfern. Er hatte Angst, mich auch noch zu verlieren, und gab nach.« Den letzten Satz hatte sie mit einem bitteren Tonfall gesagt.

Hier unterbrach ich Andrea. »Warum seid ihr nicht einfach weggelaufen – du und alle, die nichts von Mara wissen wollten?«

Andrea blickte mir in die Augen. Sie war jetzt zu einer alten Frau geworden, doch ich erkannte immer noch die Gesichtszüge des jungen hübschen Mädchens, in das ich mich verliebt hatte, und es schnürte mir das Herz zu.

»Mara ließ es nicht zu. Es war der schlimmste Teil ihres Fluches. Wer die Grenzen, die sie vorgab, übertrat, verlor auf einen Schlag alle Gaben, die er von Mara erhalten hatte. Ihr Blut besaß nicht nur Heilkräfte, es war auch eine Art Jungbrunnen. Wir Kinder blieben ewig jung und makellos. Und dafür mussten wir nur einmal im Jahr von ihr trinken. Der Preis dafür war, dass die

Frauen keine Kinder mehr bekamen. Mit den Erwachsenen ist es anders – je älter sie damals schon waren, desto öfter mussten sie von Mara trinken, damit sie bei Kräften blieben. Brach man aber ihre Gesetze oder verließ man ihr Reich, dann wurden einem die Jahre, die sie einem geschenkt hatte, wieder genommen.«

»Dann verstehe ich jetzt auch die Sache mit Albert – dem Alten, den Gunnar und Johannes in der Nacht in den Wald brachten. Dann war also dieser Anton niemand anderes als …«

»… Albert selbst, nachdem er von Mara getrunken hatte«, ergänzte Andrea.

»Und deswegen ist auch die Frau im Wald so schnell gealtert!«, sagte ich.

Andrea nickte. »Dazu komme ich noch. Als der Widerstand gegen Mara gebrochen war, musste das Dorf entscheiden, wie es weitergehen sollte. Mara verlangte frisches Blut, und das mussten wir für sie beschaffen, denn nur dadurch konnten wir weiterleben. Je jünger die Opfer waren, desto besser.

Die Dorfältesten schmiedeten einen Plan. Einer von ihnen würde regelmäßig das Dorf verlassen, um Fremde, möglichst junge Leute, zu uns zu holen. Anschließend war es unsere Aufgabe – die Aufgabe der Kinder –, sie davon zu überzeugen hierzubleiben, damit wir die Vorbereitungen treffen konnten. Mara erzeugte den Nebel, der eine Flucht unmöglich machte.«

»Aber wie konnte jemand das Dorf verlassen, ohne zu altern?«, fragte ich.

Anstatt zu antworten, griff Andrea nach der Kette, die um ihren Hals hing, und hielt sie hoch.

»Das Amulett erlaubte es dem Träger, Maras Bannkreis zu überschreiten. Selbst jetzt, nachdem Mara unsere Wirklichkeit verlassen hat, schützt es mich noch. Aber nicht mehr lange.«

Zitternd ließ sie den Anhänger fallen.

»Ausgerechnet mein Vater wurde auserkoren, die Opfer herzubringen. Glaub mir, er hat es gehasst. Oft hat er gesagt, er würde sie lieber abstürzen lassen, als sie Mara zum Fraß vorzuwerfen.

Doch er konnte nichts tun. Mara hat ihm damit gedroht, mir die Kehle durchzuschneiden und mein Blut zu trinken, wenn er ihr keinen Nachschub verschaffte oder es je wagen sollte, nicht wiederzukommen. Aber ich konnte es nicht mehr mit ansehen, dass jedes Jahr Unschuldige für uns sterben mussten. Und ich war nicht die Einzige, die so dachte.

Ich habe mich Elsa, der Frau von Johannes, anvertraut. Auch sie konnte nicht mehr mit dieser Schuld leben. Zusammen haben wir beratschlagt und einen Entschluss gefasst. Ich habe meinem Vater das Amulett gestohlen und es ihr gegeben. Elsa wollte euch den Dolch beschaffen und geben – die einzige Waffe, mit der man Mara töten kann. Sie sollte damit zum Dolmen gehen und dort auf uns warten, jenseits des Altars, weil wir dachten, dort würde sie sicher sein.

Doch dann ging alles schief. Gunnar muss etwas mitbekommen haben. Er muss sie verfolgt, ihr das Amulett abgenommen und sie dann aus dem Bannkreis geschubst haben. Das war es vermutlich auch, was du im Nebel gesehen hast.«

Ich erinnerte mich an die zwei Schatten, die ich gesehen hatte. Es hatte so ausgesehen, als hätte einer den anderen erwürgt. Das musste Gunnar gewesen sein, der Elsa die Halskette abgenommen hatte.

»Dann war Elsa also die alte Frau, die ich gesehen habe.«

»Ja«, antwortete Andrea. »Als sie das Amulett nicht mehr besaß, musste sie sterben. Maras Bannkreis geht bis zu dem Dolmen. Wer weiter in den Wald hineingeht, ist dem Tod geweiht. Gunnar muss sie später in den Abgrund geworfen haben. Allerdings habe ich den Verdacht, dass er selbst Maras Fluch kurz ausgesetzt war. Erinnerst du dich noch daran, wie krank er aussah, als er zu uns kam?«

Ja, daran erinnerte ich mich. Allmählich ergab alles einen Sinn. »Diesen Dolch habe ich dann also später gefunden. Und als ich ihn Gunnar gezeigt habe, hat er ihn unter einem Vorwand wieder an sich genommen«, fügte ich hinzu.

Andrea nickte. Die Bewegung fiel ihr schwer. Die Frau, die ich im Arm hielt, die eben noch ein wunderschönes junges Mädchen gewesen war, hatte sich in ein Bündel aus Haut und Knochen verwandelt. Ihre Haut war von Falten gezeichnet, ihr Haar war weiß und schütter und ihr Atem ging flach.

»Jetzt weißt du alles«, krächzte sie. »Bitte … bitte bleib

bei mir. Verzeih mir, was ich dir angetan habe. Lass …
lass mich nicht alleine sterben.«

Dann verstummte sie.

Ihre Brust hob und senkte sich ein letztes Mal. Und
dann wich alles Leben aus ihr.

Erst jetzt merkte ich, dass ich weinte.

Ich weiß nicht, wie lange ich so dasaß. Irgendwann spürte ich Paulas Hand auf meinem Arm.

»Ben? Wir müssen von hier verschwinden.«

Ich nickte langsam. Behutsam ließ ich Andreas Leiche zu Boden sinken und stand auf.

»Wir ... wir können die Toten hier nicht einfach so liegen lassen«, stammelte Holger.

»Du hast recht«, sagte ich. »Aber wir können unmöglich genug Gräber ausheben, um sie alle zu begraben.«

»Das Feuer«, sagte Paula. »Wir legen sie ins Feuer.«

Paulas Vorschlag war das einzig Vernünftige. Ich wollte mich gerade bücken, um Andreas Überreste zusammen mit Holger anzuheben, als Stefan plötzlich aufschrie. »Sie atmet! Mein Gott, sie atmet! Sie lebt noch!«

Hastig liefen wir zu ihm. Er kniete immer noch neben Amélie und hielt eine Hand über ihren Mund. »Ich kann es spüren!«

Mit weit aufgerissenen Augen blickte er uns an. Die Hoffnung, die in seinem Blick lag, brach mir das Herz.

»Stefan«, murmelte ich. »Wir können sie nicht mehr retten. Selbst wenn wir sie sofort in ein Krankenhaus bringen, hätte sie keine Chance. Sie hat zu viel Blut verloren.«

Stefan ließ den Kopf hängen. Doch gleich darauf blickte er mich wieder an. »Blut! Das ist es! Das ist die Rettung!«

Sofort wurde mir klar, was er meinte. Er sah zu dem Dolmen hinüber, unter dem immer noch der Kelch stand. Maras Blut war so reichlich hineingeflossen, dass die rote Flüssigkeit über den Rand geschwappt war.

»Stefan, nein!«, rief Paula. »Du hast doch gesehen, was passiert ist! Du kannst Amélie nicht im Ernst mit diesem Fluch belegen wollen!«

Doch Stefan hörte nicht auf sie. Mit zwei Schritten war er bei dem Dolmen und griff nach dem Kelch. Vorsichtig, um kein bisschen des kostbaren Safts zu verschütten, trug er ihn zu Amélie zurück. Ich packte ihn am Arm. »Stefan! Das kannst du nicht tun.«

Er sah mich hasserfüllt an, als ein Schwall des Inhalts über den Rand schwappte. »Lass mich! Ich kann sie retten!«

»Aber um welchen Preis?«, fragte ich.

Stefan blickte zu Andreas Leiche. »Was hättest du getan, um sie zu retten? Wenn es eine Chance gäbe, sie ins Leben zurückzuholen, würdest du sie nicht wahrnehmen?«

»Aber was ist das für ein Leben?«, fragte ich.

Stefan blickte zu seiner Freundin hinunter. Blutige Luftbläschen hatten sich an ihren Mundwinkeln gebildet. »Sieh mir in die Augen, Ben, und sag mir, dass du sie an meiner Stelle sterben lassen würdest.«

Ich hörte Amélies flache Atemzüge. Ich sah, wie ihre

Finger leicht zuckten. Nein, ich konnte es Stefan nicht ausreden. Ich würde in seiner Situation genauso handeln. Ich lockerte meinen Griff und ließ seinen Arm los. Holger, Paula und ich sahen zu, wie Stefan sich neben seine Freundin kniete.

»Ich helfe dir, mein Engel«, flüsterte er. Dann führte er den Kelch an ihren Mund. Behutsam hob er ihren Kopf und gab ihr zu trinken.

Wie gelähmt sahen wir zu, wie Stefan Amélie das Blut der Dämonin einflößte.

**28**

»Trink, Amélie!«, flüsterte Stefan. Der Großteil der roten Flüssigkeit rann an ihren Wangen herab und versickerte im Boden, doch etwas floss auch zwischen ihre geöffneten Lippen.

»Amélie? Hörst du mich?«, flehte Stefan. »Amélie?«

Nichts geschah. Paula schlug die Hand vor den Mund und begann zu schluchzen.

»Amélie! Du musst trinken!« Totale Verzweiflung ließ Stefans Stimme brechen.

»Stefan«, sagte ich. Ich machte einen Schritt auf ihn zu und berührte ihn am Arm. »Stefan, es ist vorbei.«

»Nein!«, rief er. »Es muss erst seine Wirkung entfalten! Du wirst sehen, gleich schlägt sie die Augen auf!« Stefan kippte noch einen Schluck Blut in ihren Mund.

»Hör auf, Stefan!«, rief Paula. »Siehst du nicht, dass es keinen Sinn hat?«

Stefan zitterte. Er stellte den Kelch ab und stand auf.

»Das ist nur deine Schuld!«, rief er und blickte mich böse an. »Wenn du mich nicht aufgehalten hättest, hätte ich ihr früher helfen können! Du hast sie auf dem Gewissen!«

Bevor ich reagieren konnte, packte er mich am Kragen und versuchte, mich nach hinten zu schubsen. Sofort war Holger zur Stelle und packte seinerseits Stefans Arme. Doch Stefan war so aufgebracht, dass er sich mit Händen und Füßen wehrte.

»Du hast sie auf dem Gewissen!«, schrie er wieder wie von Sinnen.

Seine Faust landete irgendwie in meinem Gesicht, bevor Holger ihn überwältigen konnte.

»Oh mein Gott!«

Wir drehten uns um. Paula hatte sich neben Amélie gekniet und hielt ihre Hand.

»Ich glaube ... ich glaube, sie lebt!«

Sofort ließen wir von Stefan ab und eilten zu ihr. Amélie hustete. Ihre Finger begannen, sich zu bewegen, und dann setzte sie sich plötzlich auf, hielt sich die Hand vor den Mund und hustete hinein.

Stefan legte seinen Arm um sie. »Amélie! Du lebst!«

Sie atmete stockend und blickte uns nacheinander an.

»Was ... was ist passiert?«, fragte sie. »Ich erinnere mich nur an ein Feuer und ein Messer und dann ... die Schmerzen!«

Unwillkürlich legte sie eine Hand auf ihren Bauch, wo der Dolch sie durchdrungen hatte.

»Habe ich geträumt?«, fragte sie.

»Wenn das ein Traum war«, sagte Holger, »dann war es ein Albtraum und wir hatten alle denselben.«

»Es wird alles wieder gut!«, stammelte Stefan und drückte seine Freundin an sich. »Es wird alles gut!«

Amélie schien völlig verwirrt zu sein. Ängstlich blickte sie mal hierhin, mal dorthin. Ich war auch glücklich, dass sie noch lebte, andererseits hatte sie Dämonenblut getrunken. Würde das wirklich ohne Folgen bleiben? Welchen Einfluss hatte Mara nach ihrem Tod?

Wir ließen Stefan und Amélie erst mal allein und machten uns an unsere unangenehme Aufgabe. Nacheinander trugen wir die Leichen zu dem Lagerfeuer und warfen sie hinein. Als Letztes war Maras Körper an der Reihe.

»Seht mal, sie hat sich verändert«, sagte Paula.

Es stimmte. Aus dem Dämon war eine kleine unscheinbare Frau geworden – die Einzige, die nicht gealtert war. Ich nahm an, dass es sich bei ihr um Heidrun in ihrer ursprünglichen Form handelte, bevor Mara von ihr Besitz ergriffen hatte. Ich zog den Dolch aus ihrer Brust und legte ihn auf den Dolmen. Dann ergriffen wir sie und überließen auch sie den Flammen.

Plötzlich hallte ein Knattern durch die Luft.

»Hey Leute!«, rief Holger. »Sie haben uns gefunden!«

# 29

Ein gelber Helikopter tauchte über uns auf. »Horus Bergrettung« stand in schwarzen Buchstaben auf seinem Rumpf, darunter war ein Auge gemalt, das wie eine ägyptische Hieroglyphe aussah.

Wir standen auf und winkten ihm zu.

»Leute!«, rief ich über den Lärm, als mir plötzlich ein Gedanke kam. »Wir müssen uns eine Geschichte zurechtlegen.«

Der Pilot winkte zurück und rauschte über die Lichtung.

»Wir können unmöglich erzählen, was hier wirklich passiert ist!«, fuhr ich fort. »Wir brauchen eine Ausrede.«

»Am besten, wir halten es einfach«, sagte Paula. »Bertram hat uns hier raufgebracht und ist abgestürzt. Wir haben uns im dichten Nebel verirrt. Seit drei Tagen wandeln wir hier herum. Schließlich haben wir auf der Lichtung ein Feuer entzündet, um Hilfe zu holen.«

»Sind wir alle einverstanden?«, fragte ich.

Die anderen nickten.

Der Hubschrauber erschien wieder über uns. Ein Mann mit einem Helm steckte den Kopf aus der Seite und ließ eine Leine mit einem Gurt herab. Nacheinander wurden wir so in den Helikopter gehoben. Ich war als Letzter dran.

Während Paula noch emporgezogen wurde, ließ ich meinen Blick über die Lichtung schweifen. Was für einen Wahnsinn hatten wir hier durchlebt?

Dann entdeckte ich etwas. Im Gras blitzte ein Lichtschein auf. Ich näherte mich. Es war das Amulett, das Andrea getragen hatte. Sofort bückte ich mich und hob es auf. Ich schwor mir, es immer bei mir zu tragen, um die schrecklichen Ereignisse der letzten Tage nie zu vergessen.

Als die Seilwinde mich in den Himmel trug, sah ich noch einmal nach unten. Ich schwebte genau über dem Dolmen. Frisches Blut klebte auf dem flachen Stein. Kurz bevor ich den Hubschrauber erreicht hatte, fiel mir etwas auf.

Wo war das Messer, das ich aus Maras Körper gezogen hatte?

Der Dolch der Moroi war verschwunden.

# EPILOG

Wir wurden wie Kriegsheimkehrer begrüßt. Unsere Mitschüler scharten sich um uns, als wir aus dem Bus stiegen, der uns zurück in die Herberge brachte. Vorher waren wir noch zum Durchchecken in einem Krankenhaus gewesen und hatten die Wartezeit genutzt, um unsere Geschichte mit Details zu füllen und uns abzustimmen.

Wir erzählten davon, dass wir fast verdurstet wären und im letzten Moment eine Quelle gefunden hatten. Davon, dass Amélie giftige Beeren gegessen hatte und fast gestorben war, und alle möglichen anderen Lügen. Nur von dem Dorf und seinen Bewohnern erzählten wir nichts.

Bis zum späten Abend saßen wir im Versammlungsraum und beantworteten die Fragen unserer Mitschüler. Irgendwann war es der Mommsen zu viel und sie schickte uns ins Bett. An Schlaf war jedoch nicht zu denken. Jedes Mal, wenn ich die Augen schloss, sah ich Andreas hübsches Gesicht vor mir, wie es langsam zu dem einer alten Frau wurde, die in meinen Armen starb.

Irgendwann schreckte ich hoch. Mein Wecker zeigte an, dass es vier Uhr morgens war. Ich hörte, wie Holger, der in dem Stockbett neben mir schlief, im Schlaf murmelte. Auch an ihm war der Ausflug in die Berge nicht spurlos vorübergegangen. Meine Blase drückte und ich schlurfte auf den Gang Richtung Klos hinaus. Der Linoleumboden war kalt und klebte an meinen Fußsohlen.

Als ich die Toilette wieder verlassen hatte, wollte ich zurück in mein Zimmer, als mir etwas auffiel. Unter der Tür am Ende des Gangs, die zum Aufenthaltsraum führte, blitzte ein Lichtschein hervor. Wer war um diese Uhrzeit noch wach? Oder hatte das Kaminfeuer einen Brand ausgelöst?

Hastig lief ich auf die Tür zu, doch bevor ich die Klinke drücken konnte, hielt ich inne.

Was war das für ein Geräusch? Sprach da jemand?

Leise und vorsichtig zog ich die Tür einen Spaltbreit auf. Als ich das Feuer im Kamin entdeckte, blieb mein Herz stehen. Unwillkürlich hob ich meine Hand zu dem Anhänger, der um meinen Hals hing. Meine Finger schlossen sich um das Amulett.

Die Flammen waren schwarz.

Davor knieten Amélie und Stefan. Amélies Haut war schneeweiß und mit blutenden Runen bedeckt und ihre Augen und Zähne hatten die Farbe von Holzkohle. Sie hielt den schwarzen Dolch und auf ihrer Stirn prangte das Symbol der blutenden Hand. Stefan hatte seine Zähne in ihr Handgelenk gegraben. Ein schmatzendes Geräusch hallte durch den Saal.

»Trink, mein Engel«, flüsterte Amélie und strich ihm liebevoll über den Kopf.

**Patrick McGinleys** Leben lässt sich in die Zeit davor und danach einteilen. Vor dem schrecklichen Fund, der sein weiteres Leben bestimmen sollte, studierte er Film in New York und arbeitete danach in München als Autor und Regisseur. Doch seit dem Zeitpunkt, als er im Keller der alten Villa die geheimnisvollen Manuskripte fand, ist nichts mehr wie vorher.

Er meidet das Tageslicht und arbeitet sich wie ein Besessener Blatt für Blatt durch den schrecklichen Nachlass des Horror-Schriftstellers Marc Glick-Pitney. Und er hat noch viele Seiten vor sich …

Patrick McGinley

# HOUSE OF FEAR

## Band 1

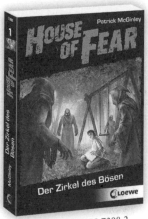

ISBN 978-3-7855-7308-2

Um seine Freunde zu beeindrucken, steigt Tom nachts in die
Villa des exzentrischen Schriftstellers Marc Glick-Pitney ein.
Doch dann wird aus der Mutprobe grauenhafter Ernst: Der
Hausherr sitzt tot an seinem Schreibtisch. Ihm fehlen beide
Augen – und vor ihm liegt sein letztes Manuskript.
Tom nimmt den Papierstapel mit nach Hause und beginnt,
wie besessen darin zu lesen. Mit jeder Seite werden die
Schrecken, die Glick-Pitney beschrieben hat, realer. Und bald
wird Tom sogar in der Schule von finsteren Dämonen bedroht.
Verliert er den Verstand? Oder ist das Buch ein Tor
für das Böse?

Patrick McGinley

# HOUSE OF FEAR

Band 2

ISBN 978-3-7855-7309-9

Henrick macht mit seinem Bruder Axel Tauchurlaub auf einer
kleinen Insel in der Südsee. Einer Legende zufolge trieb
dort vor 600 Jahren ein Pirat sein Unwesen, der als
Menschenfresser bekannt war.
Zusammen mit einer Gruppe anderer Taucher wollen Henrick
und Axel nach dem Wrack des Piratenschiffs suchen.
Doch das Abenteuer entwickelt sich bald zum Horrortrip:
Axel verschwindet spurlos und eine Horde mordlustiger
Kreaturen versetzt die Urlauber in Angst und Schrecken!
Ist der Kannibale von den Toten
auferstanden?

# Patrick McGinley

# HOUSE OF FEAR

## Band 3

ISBN 978-3-7855-7310-5

Ein harmloses Campingabenteuer endet für Richie und seine
Freunde in einer Katastrophe. Mitten in der Nacht werden sie
von gespenstischen Fremden entführt und in einen labyrinth-
artigen Komplex gebracht. Dort angekommen, sehen sie sich
plötzlich gefräßigen Spinnenmutanten ausgeliefert, die
jede Flucht nahezu unmöglich machen.
Gemeinsam erkämpfen sich die drei Teenager einen Weg
hinaus aus dieser Hölle – doch die wahre Gefahr steht
ihnen erst noch bevor …

# Patrick McGinley

# HOUSE OF FEAR

---

Band 4

ISBN 978-3-7855-7311-2

Elisa und ihre Freundin Britta haben eine Karibik-Kreuzfahrt
gewonnen. Britta ist sofort begeistert. Elisa jedoch findet
die andauernd grinsenden Crewmitglieder und die grünen
Fitness-Cocktails ziemlich merkwürdig. Nachts beobachtet sie
Passagiere, die murmelnd durch die Korridore schleichen.
Sie stellt fest, dass das Schiff in die falsche Richtung fährt.
Und dann gibt es sogar einen Toten …
Elisa ist überzeugt, dass die Crewmitglieder in die seltsamen
Vorgänge verwickelt sind. Doch was haben sie mit den Passa-
gieren vor? Bald wird klar: Dieses Traumschiff ist ein
echter Albtraum!

---